직진도 충분히 아름답다

들풀 송태규 산문집

직진도 충분히 아름답다

━

삶창

불환인지불기지 환기무능야(不患人之不己知 患其無能也). 내 수첩 표지 안쪽에 적어 가지고 다니는 『논어』의 한 구절이다. 세상이 나를 알아주지 않는다고 탓하지 말고, 내 능력이 부족함을 걱정하라는 말이다. 내가 지닌 재주는 시원치 않은데 '주위에서 나를 알아주지 않는다'고 원망하며 살았다. 다행히 주변에서 안목이 있어 내게 큰일을 맡기지 않았으니 이것도 커다란 복이다. 이 책을 내면서 내 얕은 바닥을 드러내 보일 일이 아찔하다.

쥐뿔도 없는 난 '관종'임이 분명하다. 어느 순간부터인지는 모르겠으나 여기저기 나서고 끼어들기를 좋아했다. 그러니 안 해도 될 일이 내 몫이 되고 시쳇말로 영양가 없이 바쁘게 살고 있다.

나는 4남 1녀 가운데 어머니 태를 가장 먼저 열고 나온 무녀리다. 한 태에서 나왔지만 못생기거나 유난히 허약하여 뒤처지는 새끼를 무녀리라 일컫는다. 까마득한 초등학교 시절 이야기다. 지금이야 억지로 우리 또래 평균 신장이라고 우기지만, 당시는 몸이 퍽 왜소했다. 누런 코를 달고 살아 그걸 닦느라 옷소매는 항상 마른 코로 번들거렸다. '코주부'라는 별명이 어색하지 않았다. 그나마 공부는 좀 했던지 엄마의 지극정성이었던지 입학하면서 4학년 때까지 비탈길 구르는 공처럼 줄곧 반장을 맡았다.

초등학교 때 달리기는 늘 꼴찌가 내 차지였다. 운동회 때 그 흔한 공책 한 권, 연필 한 자루 받아본 기억이 없으니 말이다. 운동회 날 달리기 시간이 되면 배가 아프다는 핑계로 꾀병을 부리며 자리를 피하기에 바빴다. 어린 마음에도 구경 오신 할머니와 어머니가 실망하는 모습을 보여드리기 싫었다. 3학년 가을 운동회를 앞둔 어느 날, 달리기 학급 대표를 뽑아야 하는데 담임 선생님이 반장인 나를 지목하셨다. 당시 우리 선생님은 꼬마인 내 눈에도 전교에서 가장 예쁜 분이었다. 달리기에는 워낙 자신이 없었지만, 어린 마음에도 그렇게 예쁜 선생님을 실망하게 하면 안 되었다.

선생님은 네 명씩 조를 짜서 연습시켰다. 아무리 팔을 흔들고 땅을 박차도 친구들 뒤통수만 보였다. 반장 체면을 세워주려던 선생님도 결국 두 손을 들고 말았다. 마침내 선수를 교체했다. 그때 알았다. 순발력이 많이 떨어진다는 것을. 나도 모르게 "난 안 돼. 나는 달리기에 소질이 없어."라는 울타리를 치고 살았다. 5학년 언저리였던 어느 날, 교내 단축마라톤 대회가 열렸다. 그때는 물에 적신 손수건을 입에 물고 달리면 덜 지친다는 우리끼리의 믿음이 있었다. 그렇게 우스꽝스러운 모습을 하고 악착같이 달렸다. 한적한 시골 비포장 길을 달려서 운동장으로 돌아오는데 내 뒤에도 많은 친구가 헐떡이며 들어왔다. 그날 처음으로 달리기는 단거리만 있는 게 아니고 나는 더 오래 달릴 수 있다는 자신감을 가졌다. 그 경험은 내 삶에 커다란 변화를 주었다. 나를 스스로 가둔 울타리를 벗어나 새로운 것에 도전할 자신감이 생겼다.

초등학교 때 약해 빠지고 꼴찌만 하던 무녀리에게 달리기는 약점이었지만 지금의 나를 만들어준 '고마움'이다. 다른 면에서 생각하면 오래달리기에는 어느 정도 자신감이 생겼고 기죽지 않을 정도는 되었다. 적지 않은 나이에 주저 없이 철인3종에 뛰어들었고 지금도 그 에너지는 식지 않았으니 말이다. 맞다. 내가 살아갈 길은 순발력보다는 지구력에 있다. 그때 나보다 잘 달렸던 친구들은 지금도 여전할까? 나이는 옛것은 잊어먹으라고 자꾸자꾸 덮어주는 덮개 같은 것이라는데, 예순을 넘긴 이 나이에 다시 운동회를 열면 이제라도 노트 한 권 정도는 받을 수 있을까?

2002년 6월 한일월드컵에서 대한민국의 4강 진출은 우리 사회에 많은 변화를 불러왔다. 월드컵이 열리기 전부터 운동 열풍으로 나라가 후끈 달아올랐고 적어도 내 인생 물꼬를 커다랗게 바꿔 놓았다. 그해 4월 14일, 전주와 군산 사이를 달리는 전군마라톤대회에 참가했다. 말이 거창해서 마라톤이지 겨우 5km를 달리는데 혼자가 아니라 아내와 아들딸까지 동원했으니 요란이란 요란은 다 떤 셈이다.

요즘에는 그 정도쯤은 슬리퍼 신고도 달린다며 우스갯소리를 하지만 그때 나로서는 큰마음 먹고 한 도전이었다. 맨 먼저 풀코스 주자들이 출발하는데 42km를 완주하겠다고 나선 선수들이 다른 세상 사람으로 보였다. 그날 마흔을 갓 지난 청년은 혀를 늘여 빼고 겨우 10여 리 길을 완주하고 나서 마라톤에 빠졌다.

하나 더. 지독했던 약골이 어쩌다가 헌혈과 동행하고 있다. 이 또한 나이 마흔을 넘어서 맺은 질긴 인연이다. 이제는 피라도 나눌 수 있음에 감사하며 산다. 세상은 온통 눈이 부시다. 오늘도 여전히 달리기와 헌혈에 진심인 분들에게 초라한 이 책을 바친다.

— 2024년 가을, 익산 용화산 초입에서

송태규

차 례

1

성공 경험이
나를 만든다

그날 5km를 완주한 뒤 당장 마라톤 클럽에 가입하고 매주 정기 훈련에 참여했다. 어느 순간 잘 달려보자고 욕심 부리는 나를 보았다. 이제 겨우 걸음마를 뗀 아기가 뛰고 싶다고 나선 꼴이다. 대회장마다 열심히 따라다녔다. 회원들 틈바구니에서 10km를 완주하고 2~3주마다 하프코스 대회에 참가했다. 이러구러 6개월이 지났다. 주변에서도 부추기는 통에 슬그머니 풀코스 완주 욕심이 발동했다. 얼마 전까지는 생각지도 못했던 내 몸이 어마어마한 반역을 꿈꾸었다.

마음을 단단히 먹고 작년에 위대한 풀코스 주자들이 출발했던 자리에 섰다. 가슴이 두방망이질하고 침이 바싹바싹 말랐다. '과연 완주할 수 있을까?' 하는 걱정에 새가슴이 되었다. 새벽에 집을 나서면서 사뭇 비장한 어조로 아내에게 일러두었다. "난 군산 공설운동장에서 뛰어가야 하니 애들 데리고 골인 지점인 전주 공설운동장에서 기다려." 죽으나 사나 거기까지는 가야 한다는 배수진인 셈이다. 아내는 걱정스러운 눈빛으로 날 바라보며 "무리하지 말고 힘들면 걸어요"라는 말밖에 아무 말도 보태지 않았다. 대신 뜨거운 포옹으로 전사를 배웅했다.

풀코스 첫 도전이라고 경험 많은 선배가 곁에서 보폭을 맞추었다. 출발은 무난했다. 이 정도라면 40km 정도는 거뜬하겠다며 속으로 우쭐했다. 30km 지점쯤 다다랐을 때 덜컥 문제가 생겼다. 오른쪽 엄지와 새끼발가락에 물집이 잡혔는지 찌릿찌릿 통증이 왔다. 틀림없이 새 양말 때문이다. 장거리 대회에 갈 때 고생을 사서 하고 싶으면 새 신발, 새 양말을 신으라는 선배들의 충고를 흘려들은 탓이다. 갑자기 힘이 빠지고 난감했지만, 다시 돌아갈 수도 없는 일.

시간이 지나면서 껍질이 벗겨지고 빨간 속살이 드러났는지, 양말 앞쪽이 붉게 물들었다. 절뚝절뚝 걷는데 여기서 그만두고 싶은 마음이 굴뚝같았다. 무슨 일이었을까. 그 순간 젖은 손수건을 입에 물고 달리던 꼬마가 눈앞에 아른거렸다. 내 귀에 대고 애타게 속삭이는 소리가 들렸다. "여기서 포기하면 안 돼요. 힘내요." 꼬마에게 답했다. "오늘 풀코스 첫 출전이다. 죽을 것 같지만 여기서 멈추면 다시는 완주하지 못할 것 같다. 무슨 일이 있어도 끝까지 뛰겠다."

다시 일어섰다. 이제 좋은 생각만 하자고 나를 다독였다. 문득 성공 경험이라는 말이 떠올랐다. 고기도 먹어본 사람이 먹는다고, 한번 해본 사람은 다시 해낼 수 있다. 마라톤 10km를 완주했다. 21km에 도전해서 성공했다. 지금 42km를 달리고 있다. 몸집이 큰 눈사람도 주먹만 한 눈 뭉치부터 시작한다. 내 안에 흩어져 있는 눈 뭉치를 굴리면 결국 나에게 엄청난 변화가 일어날 것이다. 도전하지 않으면 성공할 수 없고 목표가 없으면 성공 경험도 맛볼 수 없다.

힘이 들 때마다 나를 믿고 응원해 주는 가족 얼굴을 그렸다. 어려운 가운데 수능 날까지 한눈팔지 않고 학업에 전념하기로 약속한 우리 학교 학생들을 떠올렸다. 소중한 사람들이 통증을 달래준 것일까. 걸음을 옮길수록 통증은 무뎌지고 대신 완주에 대한 각오가 그 자리를 채웠다.

시곗바늘을 근 40년 전쯤으로 돌려보았다. 1985년 4월, 군 복무를 마치고 복학 시기가 맞지 않았다. 특별히 할 일도 없어 10여 개월을 학교 도서관에서 보냈다. 무늬만 학생인 셈이었다. 그사이 크고 작은 학교 행사마다 기웃거린 덕에 많은 학생과 가깝게 지냈다. 단과대학 학생회장으로 출마한 친구를 돕기도 했다. 그가 당선되었고 나를 위해 체육부장 자리를 비워두었다. 복학하자마자 감투를 쓰고 활동한 탓인지 과 대표와 대학 내 고등학교 동문회장 자리까지 내 차지가 되었다. 그러다가 2학기 말이 다가오면서 문제가 생겼다.

차기 총학생회장 선거철이 되었고 주변에서 나를 부추겼다. 특히 고등학교 선배들은 지극정성으로 나를 설득하느라 애먹었다. "우리 학교 출신들이 해마다 회장단과 간부에 빠지지 않았다. 이번에는 네가 해야 할 차례다. 너 정도면 충분히 당선할 수 있다. 동문회에서 적극적으로 돕겠다. 빨리 나가는 것으로 결정해라." 사람들 만나서 먹고 노는 건 좋아하지만, 전체 학생을 대표할 그릇이 안 된다는 건 누구보다 내가 잘 알았다.

자신도 없지만, 선배들이 당선시켜줄 것도 아닌데 믿고 출마했다가 떨어지기라도 한다면 무슨 망신일까. '깜'도 안 되는 놈이 설치더니 꼴좋다고 주위에서 손가락질할 모습을 생각하니 오싹 소름이 돋았다. "선배님, 저는 자신도 없고 무엇보다도 능력이 안 돼서 나갈 수 없습니다." 선배들에게 단호하게 말하고 피해 다녔다. 차일피일 시간이 지나고 안달 난 선배들이 찾아왔다. "태규야, 이제 회장 출마하기엔 시간이 늦었다. 회장과 러닝메이트로 부회장이라도 출마해라." 한 선배는 동문회 위상을 세워야 한다고 성화였다. 내가 능력이 있다고 믿었는지, 동문 출신 부회장이 필요한 것인지 혼란스러웠다. 극성이었던 어떤 선배는 직접 아버지를 찾아가 설득하기도 했다.

단단히 박힌 말뚝을 뽑는 방법은 여러 가지가 있다. 자꾸 흔들어 틈을 만드는 것도 한 가지다. '까짓거, 나도 한 번 나가볼까.' 마음이 점점 흔들렸다. 학력고사를 망치고 후기 대학에 들어갔다. 내가 선택한 길이었지만 그 학력이 평생 나를 꼬리표처럼 따라다니고 나를 평가할 것이다. 한번 대학 실패로 영원한 패배자가 되긴 싫었다. 결과는 알 수 없지만 도전해보자는 마음이 꿈틀댔다. 언제까지 미룰 문제가 아니라 부회장은 할 수 있겠다 싶어 출마를 수락했다. 최종 일곱 후보 가운데 우리는 기호 4번을 뽑았다. 하필 4번이라니. 숫자 4는 우리 정서에 썩 유쾌하지 않다. 어차피 돌이킬 수는 없는 일. 칼을 뽑았으니 당선 고지를 향해 직진하는 길밖에 없다. 숫자에 대한 고정관념을 바꿔야 했다. 그때부터 어떻게 하면 유권자인 학생들에게 기호 4번을 알릴지 참모들과 머리를 싸맸다.

얼마나 간절했던지 잠결에 당시 유행하던 모 제약회사 위장약 광고 '444 효과'가 떠올랐다. "네 알 속에 네 가지 성분이 네 가지 효과를 나타내주니까요." "그럼 444 효과네." "쓰리고 아픈 속을 아주 잘 다스려주거든요." "속이 쓰리고 아플 때 444 효과" 다음날 선거 캠프 회의에서 이야기를 꺼냈더니 모두 "바로 이거다." 하며 무릎을 쳤다. 이제 직진할 일만 남았다. "기호 4번, 우리가 당선되면 학생 여러분의 쓰리고 아픈 마음을 시원하게 달래주겠습니다."

분초를 아껴가며 유권자들에게 파고들었다. 오후가 되면 입가에 허옇게 버캐가 끼었다. 그때 말을 많이 하면 침에 섞여 있던 소금기가 엉겨서 게거품을 문다는 말을 실감했다. 유권자들이 우리에게 귀를 열어 줄 때마다 힘이 솟았다. 한번은 다방에서 여러 유권자를 모아 공약을 설명하고 있는데 갑자기 한 명이 질문했다. 우리 학교 교가를 아느냐고. 어딜 가나 꼭 이런 사람이 한 명쯤 있다. "우정의 보금자리 슬기의 전당 동방에 광명 속에 날로 새롭다 지상의 낙원 이룩…" 다짜고짜 다방이 떠나가도록 쩌렁쩌렁하게 교가를 불렀다. 1절 중반쯤에 그가 충분하다고 말렸다. 각 후보를 만날 때마다 교가를 아는지 물었지만, 누구도 시원하게 부르는 사람이 없었다고, 앞으로 열심히 도와주마고 즉석에서 약속했다.

선거 기간이 어떻게 지났는지도 모르게 바빴다. 선거 당일 오후 느지감치 투표를 마치고 참모들과 숙소에서 이런저런 이야기를 나누다 깜빡 잠이 들었나 보다. 잠깐이다 싶었는데 거실에 있던 전화벨이 울렸다. 누군가가 전화를 받았고 "당선이다!" 소리를 질렀다. 소름이 돋으며 용수철처럼 몸이 솟았다. 간절하면 이루어진다더니 바로 이런 경우를 두고 하는 말이었구나. 그날 밤은 하늘을 날았고 임기 1년 동안 후회 없이 최선을 다했다.

달리니 세상이 달리 보이더라

이번에도 간절했다. 결승선을 3~4km 남겨두고 완만한 오르막이 시작되었다. 방전된 체력으로는 그것도 부담스러웠다. 내 앞에 두 젊은이가 나이가 지긋한 누군가의 등을 밀면서 힘을 보태고 있었다. 물론 선수가 대회에서 남의 도움을 받으면 실격이다. 우리는 후미에서 달리기 때문에 순위와는 거리가 멀었고 누구도 그걸 문제 삼을 일은 없었다. 나보다 기진한 사람과 걷는 듯 달리면서 겨우 내 몸에 집중했다. 내 의지와는 다르게 그들이 나누는 대화가 들렸다. 한 사람이 말했다. "어르신, 이제 다 왔어요. 조금만 힘내세요." 또 다른 이는 숨을 몰아쉬면서 "대단하십니다. 저도 그 연세까지 달릴 수 있도록 몸 관리 잘하겠습니다." 하며 힘을 보탰다. 떠밀리는 어르신은 그저 "고맙습니다."라는 대답을 하기도 버거워했다. 대화 내용으로 보아 서로 모르는 사람이었다. 이때쯤이면 모두 지쳐서 자기 한 몸 가누기도 쉽지 않다.

내 걸음이 느려지면 선배는 옆에서 보폭을 맞추고 나를 격려했다. 지친 육신으로 자기보다 더한 남을 위해 기꺼이 손을 내미는 그들을 보며 난 어떨지 생각했다. 지금까지 누군가를 위해 내 욕심을 포기했던 적이 있던가? 각박한 세상에 합류해 어려운 사람을 밀어내지는 않았는가? 같은 클럽에서 운동한다는 이

성공 경험이 나를 만든다　　　　　　　19

유로 나를 버리지 않고 곁에서 지켜준 선배 덕분에 무너지지 않았다. 아니 그 어르신이나 나는 배려하는 이웃 덕에 무너지면 안 되었다.

첫 도전은 가혹했지만, 그날 나는 외롭지 않았다. 달리기란 내 심장박동의 촉진제이며 함께 달리는 동료는 내 심장을 뛰게 하는 비타민이었다. 어느덧 전주 공설운동장이 모습을 드러냈다. 고통은 사라지고 어디서 나오는지 힘이 솟았다. 가슴이 터져버릴 것 같았다. 육체가 힘들어하는 것과는 차원이 다른 황홀함이었다. 저기 모퉁이를 돌면 꼭 만나야 할 사람이 기다리고 있다. 결승선을 향해 들어서는 순간 아무것도 보이지 않았다. 오직 나를 위해 꽃다발을 들고 기다리는 가족만 한눈에 들어왔을 뿐. 40년 전 그날과는 또 다른 느낌으로 미친 듯 심장이 뛰었다. 가슴을 쫙 펴고 들어가야 한다. 당당하게 들어가야 한다. 뚜벅뚜벅 걸음을 내디뎠다. 내 의지와는 다르게 깊숙한 곳에서 뜨거운 것이 울컥울컥 치밀어 올라왔다.

내가 해내다니, 100리가 넘는 먼 길을 달려왔다는 사실이 꿈만 같았고 대견했다. 피니시라인에서 첫 풀코스 완주 메달을 목에 걸고 아내가 건네는 꽃다발을 받는 순간 고통이 눈 녹듯 사라졌다. 나를 응원하고 축하하기 위해 오랜 시간 목을 빼고 발을 동동거렸을 가족과 완주의 기쁨을 나누었다. 옆에서 흐뭇한 표정으로 바라보는 선배에게 절뚝이며 다가갔다. 진심으로 고마운 마음을 담아 내가 받은 꽃다발을 전했다. 그 꽃다발은 그가 받아야 마땅했다.

　42.195km를 완주하기 위해 몇 개월 동안 수백 킬로미터를 달렸다. 무수한 땀방울을 흘리며 도전에 대한 의욕을 불태웠다. 마라톤 풀코스는 한 번쯤 도전해 볼 가치가 있다. 달리니 세상이 달리 보였다. 마라톤 완주는 연습이라는 경험이 발효한 결실인 셈이다. 의무는 아니지만, 건강에 특별한 이상이 없다면 자신의 의지와 인내심을 시험해 볼 좋은 기회이다. 완주 후 허벅지는 제 주인도 몰라봤지만, 가족의 사랑과 응원을 덤으로 받았다. 고통 속에서 화사하게 피어난 성공 경험은 고통마저 달콤한 추억으로 바꿔주었다.

　"내가 스스로 안 되는 사람이라고 생각하면 더 이상 가치 있는 일은 일어나지 않는다. 그래, 앞으로도 옳다고 믿으면 직진하는 거야."

박차를 가하다

　내가 숨이 턱 밑까지 차오르게 달리는 일은 내 몸에 집중하는 작업이다. 운동은 일기나 마찬가지였으며 내게 말을 걸고 답할 때마다 가슴이 시원하게 뚫리는 소중한 시간이었다. 마라톤 클럽에 가입한 후 훈련하는 날을 거르지 않았다. 나이가 지긋하여 허리가 구부정한 어르신부터 사회 초년생 아가씨까지 참 다양한 회원이 날리기라는 울타리 안에서 하나가 되었다. 마라톤을 좋아하는 이유는 제각각이겠지만 클럽에 모여 훈련하는 이유는 별반 다르지 않다. 그건 아마도 함께 모이면 힘든 과정을 이겨내는 힘이 강해진다는 걸 알기 때문이다. 경쟁자가 아닌 같은 목적지를 향해 달리는 동료의 발 딛는 소리, 몰아쉬는 가쁜 숨소리에 자극이 되기도 위안을 받기도 하면서 성취감을 맛보는 일이다.

운동을 시작한 지 얼마 되지 않았을 때였다. 초보답게 달리는 자세도 그렇고 기록도 시원찮았다. 갈수록 자신이 희미해지고 있었다. 하루는 같이 운동하던 후배가 넌지시 말했다. "형님, 퇴근하고 매일 헬스장에서 운동합시다." 그 말을 듣고 무슨 소리인지 언뜻 이해가 가지 않았다. 아니 마라톤이 운동인데 마라톤 잘하려고 헬스장에 다니자니. 시큰둥한 내게 "그저 무작정 달리기만 한다고 해서 속도가 빨라지거나 실력이 늘지 않습니다. 달리기도 체계적인 훈련이 필요하고 특히 근력이 있어야 기록을 단축할 수 있답니다."라고 그가 차근차근 설명했다. 이미 나보다 월등하게 잘 달리는 그가 부쩍 커 보였고 기록 단축이라는 말에 그나마 얇은 귀가 팔랑거렸다. 알고 보니 몇몇은 육상 전문가에게 체계적인 훈련을 받기도 한다고 했다. 처음 마라톤을 시작할 때 선수로 나갈 일도 없고 기록에 연연하지 않으며 그저 즐기겠다고 스스로 약속했었다. 이미 솔깃, 흔들린 마음을 달랠 수 없으니 미룰 일이 아니었다.

당장 헬스장에 등록했다. 후배는 자기가 한 말에 책임을 지려는 자세가 되어 있었다. 열정이 넘치는 이와 그렇지 않은 이가 이루어 내는 성과는 하늘과 땅 차이다. 퇴근하면 귀찮은 내색도 없이 나를 옆구리에 끼고 함께 땀을 쏟았다. 달리기는 양쪽 다리만 튼튼하다고 되는 운동이 아니란 걸 알았다. 평소 운동깨나 좋아한다고 어지간한 운동이라면 자신 있다고 생각했는데 헬스장

에 드나들면서 내가 왜소해지기 시작했다. 지치지 않고 팔을 저
으려면 상체가 튼튼해야 한다며 그가 운동기구 사용법부터 가
르쳐 주었다. 기구는 그저 들어 올리고 밀고 당기기만 하면 되는
걸로 알았다. 손잡이를 잡는 위치와 자세부터 호흡하는 방법에
따라 효과가 달라진다는 설명을 곁들였다.

어차피 시작한 것, 어느 정도 성과를 거둘 때까지 최선을 다
하리라 다짐했다. 그것이 나를 헬스장으로 인도한 후배에게 면
목 있는 일이기도 했다. 무게를 조금씩 늘려가면서 고통을 견뎠
다. 숨이 깔딱깔딱 넘어가려는 순간 그가 어깨라도 툭 건드려 주
면 신기하게도 힘이 났다. 덕분에 이런저런 핑계를 붙여서 술 약
속을 잡지 않았다. 대신 운동을 마치면 그 술값이 음식값을 대신
했다. 그렇게 몸부림치던 어느 날 목욕탕 거울에 비친 내 모습이
낯설었다. 어디에 숨었던지 그동안 전혀 볼 수 없었던 근육을 만
지면서 스스로 감탄사를 연발했다. 이렇게 내 몸도 멋질 수가 있
구나.

나는 챔피언

1970년대 중학교 다닐 때였다. '완전학습'이라는 문제지가 있
었다. 일반적인 문제지는 학습 과제의 난이도와 관계없이 정답

을 맞히는지 틀리는지로 본인의 능력을 확인한다. 반면에 완전 학습지는 문항마다 개인의 학습 능력에 따라 적절한 처방을 내린다는 점이 달랐다. 가령 1번 문항을 맞히면 다음 단계인 4번 문항으로 넘어가지만 틀리면 비슷한 난이도인 3번으로 이동한다. 이 문항을 또 틀리면 더 낮은 단계인 2번 문항으로 내려간다. 이런 과정을 통해 문제 해결 능력이 향상되면서 학습 성취감을 얻는다. 점차 학업에 흥미를 느끼며 자기주도학습 시간이 많아진다.

그 무렵 운동하는 내 모습이 딱 그랬다. 몸은 자기가 당한 만큼 잔뜩 화가 난 근육량으로 보답했다. 그 모습으로 어떻게 자기를 더 괴롭힐 수 있는지 알려주지 못해서 안달이었다. 말 잘 듣는 아이를 끝까지 내 편으로 만들려면 칭찬이 끊어지지 않아야 한다. 매일 내 몸을 칭찬하면서 온전히 몸 길들이기에 집중했다. 자신감이 생기니 누가 시키지 않아도 철봉에 매달려서 몸을 학대했다. 그게 희열이었다. 몸에 딱 달라붙은 셔츠를 입고 활보하는 근육질 남자들이 부러웠는데, 어느새 나도 봄부터 한 치수 작은 셔츠를 찾게 되었다.

마라톤에 입문하고 대회마다 완주하면서 내 자존감은 쑥쑥 자랐다. 어떤 어려운 일이라도 마음만 먹으면 해낼 수 있다는 자신감이 생겼다. 그런 각오는 직장생활에서도 많은 변화를 주었다. 무슨 일이 닥치면 우선 피할 궁리부터 하거나 좌절하지 말고 정면으로 돌파하자고 나를 다그쳤다. 내게 주어진 일을 마다하지 않았다. 때로는 지나쳐서 문제였지만 말이다.

중학교 교사로 근무하던 때였다. 일본 정부 초청으로 전국 중학교 교사 25명 안에 선발되어 한 달 동안 일본에 머물렀다. 하루는 일본 선생님들이 우릴 대접한다고 술자리를 마련했다. 일본 술을 마시다 바닥이 났고 어디서 구했는지 한국 소주를 내놨다. 권커니 잣거니 하다 나와 일본 선생 사이에 기 싸움이 일어났다. 일행은 어느새 나라별로 편이 나뉘고 우리만 바라봤다. 졸지에 술 마시는 국가대표가 된 셈이다. 일본 선생에게 지고 싶지 않았다. 이미 얼큰하게 취한 마당에 맥주잔에 소주를 가득 따라 한 잔씩 마셨다. 대여섯 잔을 건배로 들이켜고 또 한 잔씩을 따랐다. 비틀거리며 화장실 간다던 그 선생님은 끝내 자리에 나타나지 않았고 내가 판정승을 거두었다. 다음날 우리가 떠나는 기차역에 일본산 양주를 한 병 들고 온 그 선생님이 엄지손가락을 치켜들며 내게 말했다. "You are a champion."

내가 근무했던 곳은 인문계 고등학교끼리 중학교에서 우수한 졸업생을 모집하느라 과열된 소도시였다. 1980년대 후반 중학교 선생으로 부임했다가 내가 졸업한 고등학교로 옮겨 20년 동안 후배이자 제자들과 함께 지냈다. 공교육기관인 학교는 모든 학생에게 원만한 인격을 갖추도록 지도하고 기초학력을 끌어올리는 전인교육을 하는 것이 기본이다. 그런 당연한 것을 넘어서 각 고등학교에 당면한 과제가 있었다. 소위 명문대학이나 의치약학과 진학 성적이 저조하면 학교 평판이 떨어지고 중3 우수 학생이 입학을 꺼린다. 빈곤의 악순환이 반복하듯 3년 후 대입 성과가 좋을 리 없다. 이런 고리를 끊기 위해 고등학교마다 우수 신입생 모집에 사활을 걸 수밖에 없었다. 우수 신입생을 많이 뽑는 게 한 해 농사를 좌우하는 학교 발전의 밑거름이었다.

당시에는 모든 구성원이 못자리에서 튼실한 모종을 뽑아다 심어야 알찬 결실을 거둔다는 생각에 사로잡혔다. 그 무렵 어디에서는 대입 성과를 거두기 위해 소풍이나 체육대회 심지어 체험학습까지 학교장의 재량으로 학사 일정에서 제외한 고등학교도 있다는 말이 들렸다. 대학 우수 학과 진학 실적이 곧 학교의 지상 목표임을 알 수 있는 대목이다.

해마다 2학기가 되면 교감을 단장으로 우수 신입생 유치 작전을 폈다. 그에 따른 부작용도 만만치 않았다. 우수 학생들에게 3년 동안 지급할 특별 장학금을 마련해야 한다. 또한 기숙사를 제공하면서 일반 학생들에게는 보이지 않는 불이익이 생긴다. 담당 선생님들은 중학생 일과가 끝나면 가정으로 방문해서 각종 자료를 들고 학교의 장점을 홍보해야 하기에 퇴근 시간이 늦어진다. 이런 과정에서 가장 소중한 선생님의 자존감이 무너지기도 한다. 선생님 대부분은 공동운명체라는 마음으로 뜻을 모앗고 주로 젊은 선생님들이 일선에 투입되었다. 최선을 다해서 모셔 온(?) 학생들 가운데 일부는 본인과 부모가 원하는 대학이나 학과에 진학하지 못하는 경우도 생긴다. '잘 되면 내 탓, 못 되면 조상 탓'이라는 말처럼 모든 원망은 학교와 담당 선생님이 지는 부담이 더할 나위 없었다.

모교에서 근무하는 나는 물불 가릴 처지가 아니었고 내 어깨에도 막중한 무게가 실렸다. 당시 내가 맡았던 중학생은 보기 드문 우수 학생이었다. 곧게 솟은 재목은 선산을 지키지 못한다. 다른 고등학교에서도 순순히 놔 줄 리 만무했다. 내가 만나서 설득해두면 옆 학교 담당자가 찾아가서 더 나은 조건을 제시하고 그에 따라 학생과 학부모는 갈팡질팡할 수밖에 없었다. 낮에는 국군으로 밤에는 인민군으로 바뀌는 꼴이었다. 수시로 결정이 번복되다 보니 애타는 건 나였고, 학교가 학부모와 학생에게 끌려다니는 형국이었다. 공급은 한정적이고 수요가 늘면 가격이 오르기 마련이다. 학생의 몸값이 올라갈수록 우리가 제시하는 조건도 달라졌다. 지금까지 담근 발을 그냥 빼기에는 너무 늦었다. 이제 학교를 떠나 내 개인 자존심이 걸린 문제가 되었다. 결국 학생 어머니와 경쟁 학교 담당자와 삼자대면해서 설명하고 담판 짓는 자리를 마련했다.

나는 더 이상 물러설 곳이 없었다. 꼭 필요한 자료를 들고 밤 10시가 넘은 시간에 식당에서 셋이 마주 앉았다. 상대 학교에서는 노트북만 달랑 들고 왔다. 노트북을 펴더니 모니터를 나는 볼 수 없게 가리고 학부모에게만 보여주며 당근을 제시했다. 참 비열하다는 생각에 화가 났다. 내 차례가 되었다. 숨기고 말 것 없이 간절했다. 내 소신대로 직진하기로 마음먹었다. 자료를 탁자 위에 펼쳐놓고 조목조목 설명했다. 물론 경쟁자도 그 자료를 다 보게 했다. 내 할 일은 다 했다. "최종 선택은 학부모와 학생의 몫입니다. 집에 들어가서 아들과 상의하고 오늘 밤늦게라도 가고 싶은 학교 결정하면 전화 주세요."라는 마침표를 찍고 일어섰다.

자정을 훌쩍 넘긴 그 시각에 우리 학교 교감과 선생님 서넛이 해장국집에서 초조하게 나를 기다리고 있었다. 들어가니 내 표정을 살피고 아무도 말을 건네지 않았다. 자리에 앉자, 교감 선생님이 술을 따르며 말했다. "송 선생, 수고했어. 진심은 통하는 거야. 애썼네. 우린 할 만큼 했으니 한잔 쭉 들이켜게." 타는 속을 달래려고 소주 한 잔을 마시고 자초지종을 설명했다. '여기서 기다리면 전화가 올 것이다. 안 오면 물 건너간 일이다.' 이제나 저제나 하며 목구멍을 넘기는 소주가 소주 맛이 아니었다. 얼마쯤 지났을까, 내 전화기가 하이 소프라노로 몸부림쳤다. 모든 시선이 내게 꽂혔다. 그 어머니였다. "선생님, 애타게 해서 죄송해요." "네? 죄송하다니요?" 그 짧은 순간 가슴이 덜컥 내려앉았다. 지금까지 애쓴 게 물거품이었구나. 낙심하던 찰나 "선생님의 진심이 느껴져서 아들에게 그 학교로 가면 어떻겠냐고 했더니 아들도 좋다고 했어요." 허공에 절할 뻔했다. 활짝 핀 내 목소리에 날개가 달렸다. "아, 네. 감사합니다." "선생님만 믿고 보냅니다. 이제 선생님만 믿어요. 잘 부탁드려요." "네, 어머니. 걱정하지 마세요. 정말 잘하셨어요. 최선을 다해서 지도하겠습니다. 감사합니다." 그날 나는 해장국집을 언제 어떻게 나왔는지 아무런 기억이 없다. 진심과 열정을 평가해주신 학부모 덕분에 나는 나를 더 소중히 여길 수 있었다. 참, 그 학생은 3년 동안 열심히 노력한 끝에 원하는 의과대학에 진학했고 다행히 난 부끄럽지 않은 선생이 되었다.

　달리기에 잔뜩 취해서 1년에 10여 차례 대회장을 쫓아다녔
다. 한 달에 풀코스 대회를 두 번씩 출전하며 다음 대회를 준비
하던 때였다. 배가 순항하는 듯하다 암초를 만났다. 다 된 밥에
코 빠뜨린 격이다. 잘 나가나 싶더니 덜컥 교통사고를 당했다.
점심 식사를 마치고 집에 가는 길이었다. 얌전하게 정지선 앞에
서 신호 대기 중이었는데 어떤 정신없는 운전자가 내 운전석 쪽
을 들이받았다. 차가 움푹 들어갔고 왼쪽 무릎을 심하게 다쳤다.
아픈 다리를 붙잡고 그 짧은 순간에도 혹시 달리기를 못 하는 건
아닌지 걱정부터 했다. 후배가 원장으로 있는 정형외과를 찾아
갔다. 불길한 예감은 빗나가지 않는다더니. X-ray를 보자마자 무
릎 연골이 손상되어 수술해야 한다는 말을 듣고 난감했다. 그 운

전자를 원망하면서 제발 달릴 수 있게만 해달라고 기도했다. "채원장, 잘 알아서 하겠지만 나 마라톤 계속할 수 있도록 수술 잘 해주시게." 평소 막역한 후배에게 나도 모르게 존대어가 따라 나왔다.

등을 잔뜩 구부리고 척추에 마취 바늘을 꽂았다. 수술대에 누웠는데 서서히 하반신 감각이 사라지고 정신은 오히려 말짱했다. 먹먹한 느낌이 가슴을 조였다. 관절경을 통해 연골 조각들을 갈아내는 작업이었다. 모니터를 통해 무릎 시술 모습이 보였다. 파열된 연골이 마치 바닷속에서 흐느적거리는 수초 같았다. 의사가 재활 운동에 수영이 제격이라고 했다. 수영은 시골에서 그럭저럭 배운 게 있으니 당장 물안경과 수영복을 사서 등록했다. 어릴 적 집 앞에 제법 커다란 저수지가 있었다. 여름에 학교를 마치고 집에 오면서 저수지에서 미역을 감곤 했다. 겨울에는 꽁꽁 언 얼음판에서 썰매를 타고 놀았다. 단, 아버지 눈에 띄면 안 되었다. 어쩌다 익사 사고가 나기도 했던 곳이라 아버지에게 들키면 여지없이 회초릿감이었으니 말이다.

고릿적 생각만 하면서 수영을 잘한다고 믿었다. 이미 자신감에 들뜬 내가 이토록 맘껏 허접해질 수도 있을까. 저수지에서 동네 형들에게 배운 개헤엄은 놀림감이었다. 처음부터 다 뜯어고치고 새 영법을 배웠다. 미끈하고 다부진 몸매의 여자 강사님은 강습 시간이 되면 곱상한 외모와는 전혀 딴판이었다. 야무진 똑순이로 변했다. 새벽마다 왕복 50m 레인을 쉴 틈 없이 돌렸다. 우리는 수영장 물을 체온으로 데우고 땀으로 채우겠다는 각오로 덤벼야 버틸 수 있었다. 조금이라도 처지면 등판을 때리면서 몰아대니 수영을 마치고 나면 거의 녹초가 되었다. 그래도 거리가 늘고 속도가 조금씩 빨라지는 재미에 결석도 하지 않았다.

그즈음이었다. 무슨 엉뚱한 마음이었을까. 수영장에서 물이 점점 익숙해질 무렵 뜬금없이 철인3종에 도전하고 싶었다. 당시만 해도 철인3종이 생소했고 주위에 그런 운동하는 사람도 없었다. 이유는 단순했다. 평소 버릇이 도져서 일단 저지르고 보는 거다. '훗날 후회하는 건 어떤 일을 저질렀음이 아니라 아무 일도 저지르지 않았음이다.' 한번 옳다고 마음먹으면 거침없이 직진해야 한다는 내 맘을 가장 잘 나타내는 말이다.

인터넷에서 철인3종을 검색하고 대한철인3종협회를 찾았다. 자초지종을 설명해서 전북 철인클럽을 소개받았고 모임에 나가서 내가 사는 익산에도 철인클럽이 있다는 반가운 정보를 얻었다. 어렵게 수소문해서 찾아간 자리에서 우리 동네 숨은 고수들을 만났다. 대략 열 명이 조금 넘는 회원들인데 초보 클럽치고는 한 가락씩 하는 선수들이었다. 누구를 만나느냐에 따라 시간의 흐름이 변하고 그 흐름이 삶을 바꾸기도 한다. 적어도 철인클럽 회원들을 만나면서 내 삶의 물꼬가 확 티었으니 말이다. 누

구는 좋은 이웃 가까이에 살기 위해 백만 냥으로 집을 사고 천
만 냥으로 이웃을 샀다잖은가. 이따금 '어느 구름에 비 들었는
지 모른다'라는 말을 한다. 그 운전자가 내 차를 들이받은 덕분
에 평생 같이 갈 취미를 만났으니, 그가 단비 든 구름을 가져다
준 셈이다.

그날 나는 아기 코끼리였다

    2005년 6월 5일, 드디어 통영에서 열리는 철인3종 대회에 참
가했다. 통영 대회는 철인3종 가운데 가장 짧은 올림픽 코스(수
영 1.5km, 사이클 40km, 마라톤 10km)이지만 참가 인원이 가장 많다. 내
겐 수영과 사이클이 추가되는 첫 대회라 모든 게 궁금했고 그만
큼 설렜다. 대회 전날 아내와 아들딸이 응원단으로 동행했다. 나
는 혼자서 땀 흘리며 자신과 싸우지만 나를 지켜보며 고통을 함
께 나누어줄 가족들이 있으니, 최선을 다하리라. 그날 가족은 어
미 코끼리였고 나는 진흙 웅덩이에 빠진 아기 코끼리였다. 웅덩
이에 빠진 아기 코끼리가 나오려고 몸부림칠 때 어미 코끼리가
다가와 코를 흔드는 것만으로도 아기 코끼리에게 자신감이 전
해지고 빠져나올 힘이 생긴다. 그게 가족이다.
    1.5km를 완영하기 위해서 750m 삼각형 코스를 두 바퀴 돌아

야 하는데 세 종목 중 특히 수영이 제일 취약해서 걱정했다. 이윽고 출발 총성이 울리고 등록번호에 따라 1분 간격으로 물속에 뛰어들었다. 깨끗한 남해라지만 이미 많은 선수가 일으킨 물보라는 통영의 바다를 하얗게 만들었다. 서서히 팔을 저으면서 고개를 들어 첫 번째 반환점을 보니 만만치 않다. 과연 두 바퀴를 돌 수 있을까 걱정이 되지만 여기에서 포기할 수도 없는 일이다. 수영장에서 강사님에게 등짝을 맞으면서 익힌 수영 실력 아니던가. 무슨 일이 있어도 끝까지 해내리라 다짐하며 첫 번째 지점을 돌았다.

마라톤처럼 옆 사람을 볼 수 없으니, 내 속도를 가늠하기가 어렵다. 나를 치고 지나가는 사람, 옆으로 끼어들어 오는 사람, 검은 수영 슈트를 입은 우리가 마치 양식장에서 먹이를 향해 달려드는 송어 떼라는 생각이 들었다. 이들 틈에서 나도 선수들 사이를 비집고 들어가며 경쟁하고 있었다. 힘들게 수영을 끝내고 나오는데 저만치서 나를 응원하는 가족 코끼리들이 보이고 자신감이 생겼다. 돌아보니 아직도 열심히 팔을 젓는 선수들이 여럿이다. 수영장을 나올 때 "아빠, 빨리빨리." 애타는 딸내미 목소리가 들렸다. 나보다 나를 지켜보는 가족들 속이 더 새카맸을 거다. 다행히 첫 대회 수영에서 꼴찌는 면했다.

철인3종경기는 바꿈터가 있다. 여기에 자전거를 걸어놓고 수영을 마치면 자전거를 끌고 나간다. 바꿈터에서 사이클 복장을 갖추고 도로에 들어섰다. 어느새 가족이 장소를 바꾸어 사이클 출발선에서 손을 흔든다. "여보, 힘내요." "아빠, 파이팅." 가족의 응원 소리가 들린다. 갑자기 힘이 솟는다. '여보, 애들아, 좋은 기록은 아니더라도 반드시 완주해서 멋진 모습을 보여주마' 이렇게 다짐하면서 페달을 밟는다. 사이클은 대회 본부를 출발해서 통영대교를 다섯 바퀴 돌아야 한다. 반대 차로에는 어느새 반환점을 돌아오는 선수들이 맘껏 속력을 내고 있다. 어제 코스를 둘러볼 때는 그렇게 멀게 느껴지지 않았는데 막상 옆 선수들을 의식하며 달리다 보니 만만한 거리가 아니다.

한 바퀴씩 돌 때마다 가족을 찾아 두리번거리며 더 열심히 페달을 밟는다. 마지막 바퀴를 마치고 바꿈터로 향하는데 아직 사이클을 끝내지 못한 선수들이 보여서 힘이 났다. 이제는 마지막 과정인 10km 마라톤만 남았다. 본부석을 돌아 우리 숙소인 마리나 리조트 정문까지 네 바퀴를 돌면 된다. 첫 두 바퀴는 혼자 달리고 나머지 두 바퀴는 아들이 옆에서 달려주기로 약속했다. 사이클에서 내려 달리려니 허벅지가 떨리고 힘이 없다. 사이클 후 마라톤으로 이어지는 훈련이 충분치 않아서 근 전환이 바로 되지 않는 것이다. 먼저 급수대에서 물을 들이켜고 걸음을 옮기는데 몸 따로 마음 따로이다. 따갑게 내리쬐는 땡볕에서 달리는 게 여간 힘든 게 아니다. 여기저기서 셔터를 눌러대는 카메라맨들과 계속해서 흥을 돋우는 장내 아나운서, 길가에서 열심히 응원하는 관객들의 축제 분위기에 포기할 생각은 저만치 달아나 버렸다.

마지막 달리기를 할 때 양쪽에 늘어선 관중의 환호를 받으며 아들과 함께 손을 잡고 피니시라인을 넘었다. 그 순간 약 세 시간 동안의 고통은 간데없고 처음으로 철인3종을 해냈다는 자부심에 가슴이 뿌듯했다. 결승선을 통과한 선수에게 일일이 걸어주는 메달의 무게가 그동안 많이 받았던 마라톤 메달보다 소중하고 무겁게 느껴졌다. "여보, 애들아, 내가 해냈다." "여보, 수고했어요." "만세! 대단한 우리 아빠. 멋져요." 아내와 애들은 내가 얼마나 힘들게 달렸는지 처음부터 다 보았다. 적어도 끝까지 무너지지 않은 이 순간만큼은 나를 더 사랑하게 되었고 한껏 고양되었다. 그 자리에서 아기 코끼리는 환호하는 아들딸을 안아주고 아내의 볼에 입맞춤하며 행복을 만끽했다.

나는 남들이 생각하는 것처럼 강한 사람이 아니다. 체격이 왜소해서 평범한 축에도 들지 못했다. 그나마 고등학교 졸업 무렵 늦자라 지금은 내 나이 평균 체격이라고 우기며 산다. 그래서 철인3종과 헌혈을 하면서 더 단단한 척이라도 하려는 몸부림이다. 철인은 세 가지 운동만 잘한다고 되는 게 아니란 걸 그날 알았다. 고통에 굴복하지 않을 체력과 자신을 이겨낼 정신력이 바탕돼야 한다. 일 저지르길 잘했다. 그날 그 정신 놓은 운전자가 나에게 철인3종 완주라는 즐거움을 안겨주었다. 당시 원망하는 마

음이 가득했지만 이렇게 전화위복이 되었으니 고마운 사람이
될 줄 누가 알았겠는가.

나도 내가 대견하다

철인 운동은 절대 호락호락하지 않다. 가만히 있어도 세 가지
종목을 해야 한다는 긴장감이 있다. 이 압박감이 한없이 풀어지
려는 태엽을 감아주는 구실을 한다. 도전이 있어야 성취라는 기
분을 누릴 수 있는 법. 매일 두어 시간 땀을 쏟으면 그 순간 몸과
마음이 맑아진다. 세상에 이런 운동이 또 있을까. 점점 철인3종
에 푹 빠진 나는 운동 잘하는 방법을 알게 되었다. 먼저 다음 사
항을 꼭 지켜야 한다.

달리기, 수영, 자전거 타기를 하루에 한 가지 또는 시간이 된
다면 두 가지 이상을 한다. 주말에는 시간을 잡아 세 종목을 몰
아서 한다. 가능한 한 하루에 한 가지라도 빠뜨리지 않고 하면
좋다. 이 정도라면 쉽지 않은가. 코끼리를 냉장고에 넣는 정도로
생각하면 된다. 우선 코끼리를 냉장고 앞으로 끌고 간다. 냉장고
문을 연다. 코끼리를 넣고 냉장고 문을 닫는다. 생각하면 참 단
순하다. 이렇게 운동 잘할 수 있는 이론은 간단하지만, 준비하는
것은 머릿속 셈만큼 단순하지 않다.

우선 세 종목 모두 장비가 전혀 다르다. 대회장으로 출발하면서 챙겨야 할 물품이 생각보다 복잡하다. 물안경을 두고 오거나 사이클 신발 혹은 마라톤화를 두고 오기도 한다. 참, 선수 등록하면서 신분증으로 얼굴을 대조하니 이것도 꼼꼼히 챙겨야 한다. 물품을 두고 오면 애꿎은 지갑을 헐어야 한다. 대회 출발에 앞서 바꿈터 바구니에 종목 순서대로 장비를 정리해야 한다. 수영을 마치고 지친 몸으로 물에서 나오면서 다음 물품을 머릿속에 그리며 바꿈터로 달려간다. 슈트를 벗고 물기를 닦으며 양말을 신는다. 슈트를 벗어 아무 데나 던져놓으면 주의를 받는다. 사이클 신발을 신으며 장갑을 챙기고 번호표를 허리에 맨다. 헬멧을 쓰면서 고글을 낀다. 이때 헬멧 끈을 고정하지 않으면 출발선에서 제지를 당한다. 자전거를 끌고 출발선까지 달려간다. 미리 안장에 오르면 안 된다. 사이클을 마치면 역순으로 진행하고 마라톤화로 갈아 신는다. 처음 대회에 나가던 날 잠자리에서 혼자 머릿속으로 몇 번이나 예행 연습했다. 오죽하면 이 순서를 틀리지 않고 완주한 내가 스스로 대견하다고 했을까.

복권을 사지 않으면
당첨될 일이 없다

시내에서 빠져나가 집으로 가는 길 한쪽 복권 파는 가게 앞엔 항상 차가 밀려 있다. 몇 차례나 1등에 당첨된 가게라는 현수막이 나부끼고 그새 명당이 된 모양이다. 복권은 서민들에게 팍팍한 세상 팔자 한 번 바꾸어줄 꿈을 준다. 난 여태까지 복권을 사본 적이 없다. 이따금 모임에 가서 자잘하게 번호가 나열된 복권을 받아 본 경험이 있다. 1등에 당첨이 되면 절반은 그 모임에 기부하라는 당부를 하며 총무가 복권을 나누어 준다. 만약에 내게 그런 행운이 찾아오면 나누어준 사람에게 이실직고해야 하나, 그냥 은근슬쩍 넘겨야 하나. 순간 별의별 달콤한 생각에 빠진다. 복권을 받은 주말이 되면 혹시나 했던 며칠의 행복이 역시나 하고 거품으로 사라지곤 했다.

철인 운동을 하면서 이따금 학창 시절을 떠올렸다. 중학교 때 영어 시간이 참 싫었다. 덩달아 영어 선생님이 무서웠다. 영어 시간마다 치르는 단어 쪽지 시험이 문제였다. 손바닥 맞기 싫어서 억지로라도 단어를 외우지 않을 수 없었다. 참 얄궂은 운명이다. 그런 내가 어쩌다 영어를 가르치는 선생이 되었으니 말이다. 시집살이 당한 며느리가 시어머니 되면 며느리 시집살이를 더 혹독하게 시킨다더니 그 모습을 빼닮았다. 내가 들어가는 학급 학생들이 호랑이라는 별명을 붙였다. 쪽지 시험을 보고 으레 매타작한 뒤 수업을 시작했다. 회초리를 들면서 말했다. "지금 손바닥을 맞는 학생들은 최소한 영어 선생님 할 자격을 갖추는 거다." 잔뜩 긴장한 학생들 눈이 둥그레진다. "내가 중학교 다닐 때 손바닥을 엄청나게 맞았거든. 그러니 너희들도 포기하지 말고 열심히 해라." 애들은 믿을 수 없다는 표정이다. 그렇게 시험을 보면 영어 실력이 조금씩이라도 올라간다고 믿었다.

난 시험을 치르지 않으면 공부하지 않고 게으름을 피웠다. 발등에 불이 떨어지면 그나마 책상 앞에서 책장을 넘기는 시늉이라도 했으니 참 고질병이다. 철인 운동에 푹 빠져 2년간 거의 모든 대회에 나갔다. 대회를 신청하면 시험 날이 다가온 것처럼 없는 시간을 쪼개서라도 운동하게 마련이다. 2006년 5월 정기 모임에서 후배가 엄청난 제안을 했다. 8월 27일에 제주에서 열리는 아이언맨 대회에 참가하자는 말을 꺼냈다. 아이언맨 코스라면 킹 코스 아닌가. 수영 3.8km, 사이클 180.2km, 마라톤 42.195km를 17시간 안에 완주해야 하는 그야말로 철인3종의 꽃이다. 회원 몇이 고민하더니 찬성했고 그들은 나보다 고수였다. 그날 난 한없이 작아지면서 결정을 미루었다. 올림픽 코스 두 배인 하프 코스도 여간 힘든 게 아닌데 말이 쉽지, 철인3종 킹 코스는 아무나 완주하는 게 아니란 걸 알고 있었다.

갈등이 떠나질 않았다. 3개월이 남았다. 석 달 동안 죽기 살기로 덤비면 완주할 수 있다는 한 갈래와 아무리 기를 써도 226.195km를 완주하는 건 불가능하다는 다른 갈래가 나를 혼란스럽게 했다. 이를 눈치챈 선배가 나를 설득했다. 자기가 곁에서 연습을 도와줄 테니 함께 가자고. 갈팡질팡하던 마음을 정했다. 일단 참가 신청을 했다. 막상 마음을 굳혔는데 미처 생각지도 못했던 걸림돌이 불쑥 튀어나왔다. 8월 말이면 학교는 이미 개학한 뒤다. 대회는 일요일 새벽 7시에 시작해서 자정까지 완주하면 된다. 문제는 제주도에서 다음날 돌아와야 하므로 어쩔 수 없이 월요일에 결근할 수밖에 없다.

당시 교직 17년 차였다. 그때까지 단 한 번의 지각이나 결근 없이 성실하게 근무했다. 내 안에서 서로 다른 내가 다투었다. 대회 참가는 개인적인 문제다. 결근하면서까지 대회에 나가야 하는가. 아니다. 지금까지 성실하게 근무했고 이번 대회는 나의 의지를 시험해 볼 수 있는 좋은 기회다. 놓치면 두고두고 후회할 것 같다. 결국 직진하자는 쪽 손을 들어주었다. 고민은 끝났다. 교장 선생님께 찾아가 간절하게 말씀드렸다.

"교장 선생님. 저 드릴 말씀이 있습니다. 8월에 제주에서 열리는 철인3종 대회에 꼭 참가하고 싶습니다. 준비를 열심히 했고 자신 있는데 문제가 한 가지 생겼습니다."

내가 철인 운동하는 건 이미 학교에서도 다 알고 있다.

"무슨 일인데?"

"제주도에서 일요일 밤 12시에 대회가 끝나면 월요일에 출근이 어렵습니다. 이번 한 번만 결근 허락해 주시면 감사하겠습니다."

"꼭 가야 한다면 어쩔 수 없지만 대신 다치지 말고 꼭 완주하고 와야 해."

"네, 감사합니다. 참 그리고 결승선에서 들고 찍을 학교 홍보 펼침막도 만들겠습니다."

교장 선생님에게 내 정성이 통했는지 시원하게 허락해 주셨다. 다녀와서 근무 더 잘하겠다고 넙죽 인사하면서 교장실을 나왔다. 이제 낙오하지 않기 위해 열심히 훈련할 일만 남았다. 제주로 떠나기 전 교장 선생님께 말씀드린 펼침막을 만들기로 했다. 시장에서 광목을 떠다가 정성스럽게 글씨를 썼다. '부모님 사랑합니다. 당신과 호선·하늘이 사랑해' '도약하는 원광고등학교 아자아자'.

　대회가 열리는 8월 말은 어쨌든 한 여름이다. 날씨에 대비한 맞춤식 훈련이 필요했다. 그때부터 턱없이 부족한 훈련량을 늘리기 위해 주말 한낮은 길 위에서 보냈다. 매주 땡볕 아래서 열 시간 이상 달리기와 자전거에 매달렸다. 적도 주변 원주민처럼 검게 그은 얼굴 틈새에 덕지덕지 앉은 기미가 주인 노릇을 했다. 오랜만에 만나는 사람은 어디 좋은 곳으로 피서 다녀왔냐고 물었지만 일일이 대꾸하기도 어려워 귓등으로 흘려듣곤 했다.

　철인3종은 조화로운 오케스트라 선율처럼 균형이 필요하다. 무쇠솥도 다리가 세 개 있을 때 흔들리지 않고 안정을 유지한다. 솥의 다리가 두 개면 넘어지기 쉽고 네 개면 안정적이지만 한쪽이 쳐들리면 기우뚱거리면서 흔들린다. 세 개의 경우라도 한쪽이 부실해서 균형이 깨어지면 솥은 쓰러진다. 내겐 세 박자 가운데 부실한 하나가 수영이었다. 실력이 시원찮은데 수영장을 바꾼다고 해결될 일이 아니다. 죽으나 사나 내가 풀어야 할 숙제다. 4시 반에 알람 시간을 맞추었다. 겨우 눈꺼풀을 떼고 나면 방바닥에서 등을 떼기가 어려웠다. 그때마다 '제주도에서 혼자 컷오프당하고 남들 응원하고 싶으면 더 자도 된다.' 이런 생각을 하면 정신이 번쩍 들고 그렇게 게을러지려는 나를 다그쳤다. 새벽 5시부터 수영장 앞에 대기하다가 25m 레인을 돌았다. 최종

목표는 3.8km다. 왕복 50m 일흔여덟 바퀴를 돌아야 한다.

첫날 서른 바퀴를 넘기면서 머릿속에서 몸에 신호를 보냈다. '오늘은 이 정도면 충분해. 처음부터 무리하면 안 된다.' '그래, 알았다. 그럼, 다섯 바퀴만 더 돌고 끝내자.' 몸과 마음이 적당히 타협하면서 욕심부리지 말고 느린 속도로 거리를 늘리기로 했다. 어떨 때는 횟수를 까먹어 벽에 걸린 시계를 보면서 얼추 거리를 맞추었다. 꾸준히 훈련했지만 50바퀴를 넘기는 게 쉽지 않았다. 날짜가 가까워지자, 마음이 급했다. 이 상태라면 낙오하는 건 아닌지 걱정이 앞섰다. 마지막 남은 방법이 있다. 참가 여부로 갈등할 때 내 등을 떠민 선배를 붙잡는 길밖에 없다. 함께 가면 멀리 갈 수 있다는 말처럼 주말에 단체 훈련을 하면서 거리를 늘리려는 생각이었다. 힘에 부치면 시골 저수지에서 처음 수영 배울 때를 떠올렸다. 동네 형들을 따라간 저수지에서 형들이 깊은 곳으로 밀어 넣으면 빠져나오려고 안간힘을 다해서 버둥거렸다. 그러다가 위험하다 싶으면 형들이 손을 내밀었고 어느 순간 내 몸이 물 위에 떠 있었다. 목숨을 걸고 배운 수영이다.

대횟날이 다가오자 낙오하지 않을 자신이 생겼다. 미루지 않고 시험공부를 열심히 한 덕분이다. 당시 제주 대회에 함께 참가하기로 한 후배가 있었다. 철인 운동을 시작한 지 얼마 지나지 않은 어느 날이었다. 차를 운전하다 횡단보도에 섰는데 한 젊은

이가 사이클을 타고 지나갔다. 당시만 해도 사이클을 타는 사람이 드물던 때였다. 무슨 인연인지 다음 사거리에서 다시 만났을 때 그를 세웠다. 철인3종에 관해 설명하고 가입을 권유하자 수영을 전혀 못 한다며 망설였다. 당시에는 우리 클럽에 회원이 더 필요했다. 수영 못 하면 잘하는 회원들이 지도해 줄 테니 걱정하지 말라며 이리저리 구슬려 회원으로 가입시키는 것까지는 성공했다. 그 후 수영을 가르쳐준다던 약속을 지키지 못했고 수영 훈련은 각자도생의 길로 들어섰다.

그 친구는 개인 강습을 받기도 했으나 아예 솥 한쪽 다리가 떨어져 나간 듯 나보다 수영에 소질이 없었다. 아무리 연습해도 바다에서 3.8km를 버틸 자신이 없다며 대회를 얼마 앞두고 취소했다. 그는 제주로 떠나는 우리를 배웅하며 부러운 얼굴로 무거운 손을 흔들었다. 대회 전날 제주도 서귀포 날씨는 결혼식을 앞둔 신부처럼 얌전했다. 잘 닦인 유리창을 바라보듯 투명한 중문 앞바다에서 수영 연습도 마쳤다.

난데없이 창밖에 바람이 몰아치고 폭우 내리는 소리에 대회 당일 새벽 3시에 눈을 떴다. 아무래도 첫날밤을 지낸 신혼부부가 사네, 못 사네 하고 난리라도 친 모양이었다. 숙소 바닥에 신문지 밥상을 펴고 밥을 욱여넣었다. 그 새벽에 무슨 밥맛이 있겠냐만 죽지 않으려는 처절함이다. 비를 뚫고 중문 대회장에 도착했다. 바다가 온통 아우성쳤다. 성난 파도가 안전요원의 보트마

저 위협하더니 끝내 물속으로 내동댕이쳤다. 수영 출발 시각인 7시가 다 되어 갔다. 한 시간 동안 지켜보다가 대회 본부에서 안전을 이유로 수영 취소를 선언했다. 수영에 자신 있는 선수들은 주최 측에 항의했지만, 안전이 우선이라는 대답에는 할 말이 없었다. 난 어땠을까. 지금 생각하면 결과를 예측하기 어렵다. 결국 사이클 180.2km와 마라톤 42.195km를 완주하면서 대회를 마쳤다. 결승선을 들어오면서 내내 뒷주머니에 넣고 달렸던 펼침막을 두 손으로 들었다. 지켜보던 관중의 박수와 환호성이 터졌다.

사이클을 타면서 커다란 이정표를 덮어씌운 표어가 힘을 돋웠다. 한참 달리는 길에 You're doing well!(여기까진 문제없어!), 힘이 빠질 무렵에는 Keep it up!(계속! 조금만 더!)을 보며 흐물거리는 정신을 다잡았다. 내가 살아온 길이 여기까진 문제없었다. 앞으로도 계속 조금씩 전진하며 살면 된다. 그래! 옳다고 믿으면 계속 직진해야 하는 거다. 그러면서 내내 후배 생각이 났다. 수영 연습 시간을 좀 더 투자하고 대회에 나왔으면 나머지 두 종목을 완주하고 철인 인증서를 받았을 텐데. 대회에 다녀와서 뒷이야기를 듣고 아쉬워하는 후배에게 전했다. 듣는 내내 그의 얼굴에 아쉬움이 스쳤다. "이 사람아, 복권을 사지 않으면 당첨될 일이 없네." 그건 내가 내게도 하는 말이었다. 세상에 거저 얻어지는 건 없다. 그런 게 있으면 남들이 벌써 볶아 먹고 찜 쪄 먹었지, 맹한 내 차지까지 오지 않는다. 아까운 주머니를 털어서 복권을 사듯 남들보다 피나는 노력을 한 사람에게 복권 당첨이라는 기회도 찾아온다.

쉼 없이 달리고 원 없이 만끽하라

수영 한 종목이 빠졌지만, 철인3종 킹코스를 완주한 뒤 운동에 탄력이 붙었다. 난생처음 열 시간이 훌쩍 넘는 동안 쉬지 않고 달렸으니, 자신감이 하늘 높은 줄 몰랐다. 서서히 뜨거워지는 물의 온도를 감지하지 못하는 개구리가 그랬을까. 그즈음 클럽에서 울트라 마라톤 참가 이야기가 나왔다. 울트라 마라톤이란 42.195km를 넘는 거리를 달리는 마라톤을 일컫는다. 다음에는 울트라 마라톤에 도전해보자고 의기투합했다. 결국 이듬해 3월 전주에서 열리는 100km 울트라 마라톤 대회 문을 두드렸다. 대회 4주 전, 진행 본부에서 사전 적응 훈련을 공지했다. 당시 마라톤 42km 이상은 달려본 일이 없으니 코스 답사 겸 체력을 점검할 기회라 여겼다. 결과는 무참했다. 30km쯤 지나면서 양쪽 허벅지가 통제 불능이었다. 당장 다음 달에 열릴 대회 완주에 자신이 없었다. 포기할까, 그래도 직진해야 하나, 선택의 갈림길에 섰다.

포기하면 뭐라고 변명할까. 한편에서는 끝까지 완주해야 한다는 투지가 생겼다. 세상일은 투지와 끈기만 가지고 이루어지지 않는다. 오직 연습밖에 없다. 연습은 내 몸을 배반하지 않는다. 대회장에 서면 누구도 나를 도와줄 수 없고 혼자 이겨내야 하는 고독한 싸움이다. 그간 대회에 쫓아다니며 터득한 비법이다.

한때 '문송합니다'라는 말이 유행했다. 처음 들었을 때, 문송하다니, 이게 무슨 말이지 하고 갸우뚱했다. 워낙 신조어가 범람해서 듣고 나서 눈만 껌뻑거리면 구식 취급당하는 시절이다. 알고 보니 '문과라서 죄송합니다'의 줄임말이었다. 각자 성향이 다양한데 문과생이면 어떻고, 이과생이면 또 어떻겠는가. 굳이 이 말을 적용한다면 나는 매우 죄송해야겠다. 초등학교 다닐 때 산수는 그럭저럭했지만, 중학교에 들어가면서 양상이 180도 달라졌다. 수학에 흥미도 없고 재능은 더욱더 없었기에 수학 시간만 되면 오금을 펼 수 없었다. 기초가 부실하니 고등학교에서도 마찬가지였다. 하필 수학 선생님이 1학년 담임이셨는데 무슨 얄궂은 운명인지 2학년 올라가서도 거푸 담임을 맡으셨다. 남들은 담임 과목이라 더 열심히 한다는 친구들도 있다던데 난 낙제점을 받아도 충분했다.

울트라 마라토너가 되기 위한
궁여지책

언젠가 고등학교 졸업 43주년을 기념해서 동창들과 여행을 다녀왔다. 버스 안에서 우리가 연합고사 세대인지 학력고사를 보았는지 갑론을박을 벌였다. 그때 정확한 가르마는 타지 못한 채 지금도 기억이 가물가물하다. 아무튼 난 고입 시험 수학 시간에 아마 전국에서 첫 번째로 시험을 마쳤을 것이다. 수학 스물다섯 문제를 '나가라나사라다나가라' 순서대로 찍고 시험장을 나왔다. 결과는 처참하게 일곱 문제를 맞혔다. 한 문제당 2점 배점이었으니 14점을 받았다. 점수에 따라 학교를 선택하고 대학에 가면서 수학 근처에는 얼씬도 하지 않았다. 지금은 산수도 헷갈려서 이따금 내가 총무를 맡은 모임 회비 계산도 깜빡깜빡한다.

그런 백지상태에서도 당시 물리 선생님이 침방울을 튕기시며 가르쳤던 한 가지는 지금도 기억한다. 바로 뉴턴의 법칙 가운데 '상호작용과 반작용의 법칙'이다. 그때 들었던 기억을 더듬으면 'A라는 물체가 물체 B에 힘을 가하면 B 역시 똑같은 크기의 힘을 A에 반응하는 법칙'이다. 예를 들어 내가 땅을 발로 밀면 그만큼의 힘으로 땅도 나를 밀어 앞으로 나가고, 물속에서 손으로 물을 당기는 힘과 물이 내 몸을 밀어내는 힘은 동시에 작용하는 이치였다. 운동하면서 뿌린 땀방울의 무게만큼 내 몸이 가벼워지고 길이 나를 반길 것이다. 문송이었던 내가 불현듯 이런 생각을 다 해내다니 스스로 대견하고 신통했다.

야금야금 대회 날짜가 다가오자, 상호작용과 반작용의 법칙을 더 철저히 적용해야 했다. 평일에 따로 시간 내기가 만만치 않아 묘안을 낸 것이 출퇴근 시간 활용이었다. 마음먹기는 어렵지 않았다. 해야 할 수밖에 뾰족한 도리가 없었지만 실천하기가 쉽지 않았다. 결국 나에게 단호하게 말했다. '한 번도 안 해본 일이지만, 이번 대회를 완주하는 것이 너를 지켜내고 남편으로, 아비로 집안의 기둥을 세우는 일이다. 더욱 단단해져야 한다.' 대략 5km인 출근길을 돌고 돌아 10km로 늘여 새벽과 늦은 밤에 뛰어다녔다. 거의 3주 동안 하루에 20km를 달린 약효가 서서히 나타났다. 달리기가 복잡한 머릿속을 정리해주는 진통제였다. 주말이면 배낭에 물통을 짊어지고 LSD(Long Slow Distance, 거리를 늘리기 위해 오래 천천히 달리는 것) 훈련을 했다. 50km를 넘어가도 숨이 차지 않았다. 자세가 편안해지고 그새 폐활량이 장거리용으로 전환되었다. 틈틈이 내 몸을 지탱해 줄 근력 보강도 게을리하지 않았음은 물론이다.

연대라는 힘

빚 독촉하는 고리대금업자처럼 어김없이 날짜는 다가왔고 두려움 반 기대 반으로 대회장으로 향했다. 4주 전에 포기했던 씁쓸한 기억이 되살아났다. 3월 말, 저녁 6시가 되자 묽었던 어둠이 점차 진해졌다. 다행히 지난 연습 때 포기했던 지점을 수월하게 지났다. 강한 자가 버티는 게 아니라 버티는 자가 강한 것이다. 아무리 힘들더라도 끝까지 버텨야 한다. 어느덧 자정을 넘기고 대아리 호수에 이르자 안개가 대숲처럼 촘촘했다. 선수들이 뿜는 뜨거운 입김이 거기에 더해졌다. 산간 지역에 들어서자, 오르막과 내리막이 숨바꼭질하는 것 같았다. 경사가 더욱 심했다. 체력을 비축하기 위해 오르막은 걷고 대신 내리막과 평지는 달려야 했다.

저만치에 천막이 환하다. 다가갈수록 왁자지껄했다. 선수들이 지날 때마다 환호가 요란했다. 각 클럽에서 온 응원단이 모인 곳이다. 우리 클럽 회원 10여 명이 간식을 준비해서 나를 반겼다. 체력과 인내심이 바닥을 보일 무렵 오아시스를 만난 셈이다.

"어때? 할만해?"

"힘들지? 그래도 홈그라운드 자존심을 세워야 한다."

회원들이 말을 붙이며 격려했다. 그들은 함께 달리지는 않아도 내게 관심을 가지고 응원을 보냈다. 누군가의 자그만 정성이 내게 커다란 힘이 될 수 있구나. 거창한 설명이 필요 없이 나는 그 자리에서 연대의 힘을 배웠다.

시간은 흘러 어느덧 새벽 2시. 응원단도 모두 떠나고 길가에 덩그러니 홀로 버려졌다. 가랑비와 안개에 휩싸인 인적 끊긴 산속 길은 적막하기에 그지없다. 모자챙에 꽂은 한줄기 불빛이 안개의 조각을 뚫지 못하고 뿌옇게 몸을 불렸다. 내 시야에 비치는 단 하나의 기둥에 의지해 걸음을 옮기고 있다. 언제부터인지 다리가 아픈 것도, 체력이 얼마나 남았는지도 느낄 수 없었다. 그저 기계적으로 팔을 내두르고 걸음을 딛지만, 오히려 머릿속은 맑아졌다. 이런 운동이 주는 매력은 무엇일까. 고통을 넘어 무아지경에서 나를 바라볼 시간을 가질 수 있는 것이다. 지금까지 살아온 날들, 사랑하는 부모님과 가족들, 친구들과 직장 일 등이 스쳤다. 앞만 바라보고 달리면서 무심히 지나쳤던 일, 내가 매긴 우선순위에 뒤로 밀려버린 일 등을 떠올릴 때는 부끄러움도 아쉬움도 미련도 많았다. 다가올 시간은 어떻게 살아야 할까?

물음표를 찍는 사이 앞산 위로 벌겋게 동이 텄다. 밤을 꼬박

새우고 새벽을 맞이하는 것이 얼마 만인가. 달리던 걸음을 멈추고 해를 바라보았다. 가슴이 뭉클했다. 새 세상에 온 기분이었다. 어느덧 90km를 달렸다. 돌이켜 보니 아득한 거리다. 남은 10km에 젖 먹던 힘까지 쏟아야 한다. 가야 할 길을 머릿속에 그리며 시간을 계산해보았다. 이대로만 달린다면 애초 예상했던 시간보다 약 1시간 정도는 단축할 수 있을 것 같았다. 욕심은 금물이다.

한 시간 전에 간이 보급소를 지났다. 거기서는 호박죽을 내놓았다. 달리면서 배가 고프면 온몸에 힘이 빠지고 어쩔 도리가 없다. 평소엔 입에 대지도 않던 호박죽을 두 그릇이나 먹었다. 시계를 보니 어느덧 8시가 되었다. 갑자기 배가 고팠다. 그 시간에 허기를 달랠 방법이 없었다. 아내와 아이들이 마중 나오기로 했다. 어깨에 매단 전화기를 꺼냈다. 다행히 아직 출발 전이었다.

"여보, 나 배고파 죽겠어. 올 때, 라면 좀 끓여와"

"어떻게 라면을 끓여 가요?"

"국물은 보온병에 넣고 면은 따로 담아서 전주역 부근에서 만나자고. 배고파 죽겠어. 빨리 와."

중간에 초콜릿을 보급해주었는데 아까워서 삼키지 못하고 입속에 빙빙 굴리기만 했다. 전주역 부근에 이르자 응원군이 기다리고 있었다. 체면도 거추장스러웠다. 길가에 주저앉아 라면을 밀어 넣었다. 안쓰럽게 바라보는 아내의 얼굴과 지나가는 선수들의 부러움 섞인 표정이 영 딴판이었다. 꿀맛 같은 라면으로 배를 채우고 나서 땀에 젖은 옷을 벗어 던졌다. 아내가 준비해 온 반바지와 얇은 옷으로 갈아입고 마지막 골인 지점을 향했다. 5km 정도 남아 있는 공설운동장까지는 아들이 함께 달렸다. 지칠 대로 지쳤지만, 응원하는 아내와 딸 그리고 곁에서 버팀목이 되어주는 아들 덕에 힘을 냈다.

꾸준함은 종종 더디지만 결국 나를 제 궤도에 일으켜 세운다. 250리의 대장정이 곧 마무리된다. 골인 지점이 가까워질수록 가슴속에서 뜨거움이 솟구쳤다. 그동안 훈련에 대한 보상이라도 받은 듯 온몸의 세포가 환희로 출렁였다. 처음 도전할 때 끝까지 완주할 수 있을까 장담하지 못했지만 결국 결승점은 나의 것이었다. 이번 대회에서 두 번의 고비가 찾아왔다. 한번은 동료들의 힘으로 또 한번은 가족이라는 연대의 힘으로 위기를 넘겼다.

아이언맨에 이어 울트라맨 코스까지 이루어냈다. 포기하지 않고 목표를 향해 도전할 수 있어서 감사하다. 도전에 성공해 내가 살아 있다는 것을 느끼는 것이 더 큰 가치이다. 무지개를 만나기 위해서는 소나기를 견뎌야 한다. 내게 수많은 연대의 힘이 이어지고 있음을 다시 한번 확인하는 자리였다. 기적은 불가능을 가능하게 하는 것이 아니라, 가능한 일을 확인하는 것이라 했다. 나의 길은 아직 끝나지 않았다. 또 다른 무지개를 찾아 다시 한번 운동화 끈을 동여맸다.

상담부장이
문신을 새기다니

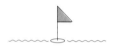

　요즘에는 잘 모르겠지만 예전에는 문신을 조직의 위세 과시하는 수단쯤으로 이용하려는 이들이 있었다. 이따금 목욕탕에서 온몸을 도화지 삼아 용이나 호랑이가 활개 치는 비곗덩어리들을 만난다. 저들은 어떤 부족일까 궁금하면서도 외모를 보아하니 지체 높은 양반과는 거리가 먼 듯하여 곁에 가기는 꺼려진다. 꼭 떼지어 다니며 혐오감이나 공포감을 주는 걸 보면 필시 혼자서는 제 밥값도 못하는 노예 신분은 아닐지 생각하기도 한다.

　몸을 바늘로 쪼아 자신만의 개성을 나타내고자 하는 문신의 역사는 유구하다. 원시문명의 고대 사회에서 문신은 일종의 증표 역할을 했다. 성인식을 거친 이에게 문신을 새겨 부족의 구성원으로 인정했고 부족의 신분을 상징하기도 했다. 이와는 반대로 죄인이나 노예의 얼굴 혹은 팔에 죄상을 새김으로써 수치심을 주고 범죄 경력이 있다는 형벌의 수단으로 사용하기도 했다.

그런 걸 뻔히 아는 내가 문신을 새겼다. 근무하던 고등학교에서 상담부장을 맡았던 때였다. 철인3종 킹코스(수영 3.8km, 사이클 180.2km, 마라톤 42.195km)를 완주한 회원끼리 어깨에 'IRONMAN'을 새기자는 이야기가 오갔다. 우리도 조직이라는 것이다. 하긴 226km를 17시간 안에 완주했으면 어지간한 조직보다 끈끈한 조직이나 진배없다.

어느 날 철인클럽 월례 모임 자리였다. 한동안 보이지 않던 후배가 참석했다. 그는 조직들을 상대하는 경찰이다. 다부지게 생긴 체구에 철인운동을 곁들였으니 어지간한 조직들은 그를 보면 꼬리를 내릴 정도다. 우리를 쓱 훑어보더니 외국에 다녀왔다며 왼쪽 반소매를 올렸다. 어깨 바로 아래에 시커먼 'IRONMAN' 글씨가 보였다. 우쭐한 그의 얼굴을 보고 회원들이 한마디씩 거들었다.

"그거 지워지는 거지?"

그러자 그가 식탁 물수건을 들더니 제법 세게 문질렀다. 하나도 변하지 않았다. 우리 눈엔 그저 멋지고 신기했다.

"어디서 한 거야?" "아프지 않았어?"

질문이 쏟아졌다.

"얼마 전 동남아에 다녀왔는데 우연히 문신하는 곳이 있어서 과감하게 했습니다."

"얼마 줬어?"

"우리 돈으로 10만 원이 채 안 들었는데 아주 좋아요" 하며 자랑스럽게 말했다. 이럴 때 내게 문신은 튀어 보이고 싶은 본능을 건드리기에 제격이다. 모두 부러워했지만 아마 가장 군침을 흘린 사람은 나였다.

우리는 조직이다

지금도 그렇지만 우리나라에서는 문신을 의료 행위로 간주한다. 병원에 갈 게 아니라면 암암리에 문신 작가를 찾아야 한다. 한마디로 불법 문신이다. 사람이 모이면 정보도 늘어나게 마련이다. 마침 그 자리에 있던 회원이 서울 유명 미술대를 졸업했다는 문신 작가를 알고 있었다. 선착순이라도 하는 것처럼 일단 나부터 하겠다고 연락처를 저장했다. 두어 차례 시도 끝에 전화가 연결됐다. 상대방 목소리가 심드렁했다. 지방에 내려가려면 시간 내기가 쉽지 않고 무엇보다 불법이라 단속에 걸리면 벌금을 내야 한다니 갑자기 내가 난감했다.

'나는 욕망한다. 내게 금지된 것을'이라는 구절이 있듯이 하지 말라면 더 하고 싶은 게 사람 마음 아닌가. 지금 아니면 평생 못할 것처럼 몸이 달았다.

"사실 저는 학교에 근무하는 선생인데요, 누구한테 소문낼 일도 없으니, 단속은 걱정하지 않으셔도 됩니다."

일단 우린 불법 문신의 공범이니 걱정은 마시라고 안심시켰다. 그쪽에서 다음 주문이 이어졌다.

"제가 내려가면 한 명 하는 것보다, 둘이나 셋이 하면 차비라도 건질 수 있으니 사람을 모아 줄 수 있나요?"

"아, 그러시군요. 그건 일단 더 알아보고 연락드리겠습니다."

후배들에게 설명했지만, 나처럼 간절하지 않았다.

"야, 우리는 항상 목숨까지도 걸린 위험한 운동을 공유하는 조직 아니냐? 이럴 때 힘을 합쳐야 하는 거잖아."

내 간청에 못 이겼는지 마음 약한 후배가 마지못해 합류하기로 했다. 그렇게 겨우 한 명을 꼬드겨 거래가 성사되었다. 나 같은 사람은 불법을 저지르기도 쉽지 않구나.

막상 문신이라는 길로 직진하자니 걸리는 게 있었다. 하나는, 명색이 현직 교사인데 더구나 상담교사가 문신 새긴 걸 남들이 알면 뭐라고 할까. 물론 하기 전까지는 나부터 입조심하고 회원들에게도 입단속을 시키겠지만. 다른 하나는, 당시 정기적으로 하던 헌혈이 문신이라는 빨강 신호등에서 멈춰야 했다. 문신을 새기면 일정 기간 헌혈을 금지한다는 조항에 걸린다. 철인3종

못지않게 헌혈도 내가 평생 끼고 가야 할 일이다. 한참 고민하다 결심했다. 뭐 대단한 조직들처럼 '차 카 게 살 자' 이런 유치한 것은 아니니까 어때, 그리고 헌혈은 70세까지 할 건데, 그 나이 넘으면 문신할 열정도 사그라질 거라는 생각으로 나를 합리화했다.

그다음은 문신할 장소도 마땅치 않았다. 아내에게도 들키기 전까지는 비밀이어야 했는데 집에서 한다면 펄쩍 뛸 일이니 고민스러웠다. 궁리 끝에 학교 상담실이 떠올랐다. 자율학습도 하지 않는 주말을 골랐다. 정문은 굳게 닫혔고 학교는 우리 셋만 있는 거대한 공간이었다. 상담부장인 내 사무실만 문이 열렸다. 검은 가방에 장비를 챙겨온 스파이와 접선하는 게 이런 기분일까. 그가 주섬주섬 장비를 늘어놓고 나는 소파에 누워 왼쪽 어깨를 맡겼다. 마취약이 시원찮았는지 바늘이 박힐 때마다 따끔따끔 통증이 전해왔다. 그래도 훈장 하나 새기는데 이 정도는 아무것도 아니라고 위안 삼았다. 2006년에 철인 킹코스를 완주하고 이듬해 전주울트라마라톤 100km를 완주했으니 그 자리에서 난 용감하게 'IRONMAN'과 'ULTRAMAN' 두 개를 새겼다. 멀쩡한 사람이 보면 학교에서, 그것도 고민 있는 학생을 상담하는 방에서 불법 문신을 새겼으니 내가 문제 있는 교사로 상담 대상인 셈이었다.

문신한 교감

철인 운동을 멈추지 않고 세월이 지나면서 교감으로 승진했다. 간혹 학생들 특강 시간에 철인3종 대회 사진을 활용하는 경우가 있다. 남자 고등학생들이라 이런 자료가 상당히 잘 먹혔다. 그러면서 어깨 문신 사진이 보이고 학생들 사이에 문신한 교감이라는 소문이 났다. 문신이 유행하던 시기가 아니었으니 학생들 눈에 더 잘 들어왔으리라.

2014년 학교에서 KBS '도전 골든벨' 녹화를 할 때였다. 사전에 제작진이 학생들에게 학교의 자랑거리나 재주꾼 혹은 특이한 인물이 있으면 추천하라고 했던 모양이다. 녹화가 거의 마무리로 가는데 사회자가 느닷없이 교감을 찾았다. 어리둥절하다가 무대로 나갔고 그는 내게 문신을 보여 줄 수 있는지 물었다. 마침, 반소매 차림이어서 왼쪽 어깨를 보여주었다. 카메라를 들이대더니 사회자가 저만치 가서 누군가에게 무전기로 통화했다. 지상파 방송에서 문신 노출을 금하던 시절이었다. 그쪽에서 아마 문신 내용을 듣고 학생들이나 시청자에게 해로운 것이 아니니 찍어도 괜찮다는 답이 떨어진 모양이었다.

촬영이 순조롭게 진행되었고 서너 주 후 우리 학교 편이 본 방송에 나왔다. 이렇게 전국 방송을 타는가 보다 하고 눈을 떼지 않았다. 결국 49번에서 도전을 멈춘 장면이 나오고 그냥 끝나는가 싶더니 마지막에 내 얼굴과 팔뚝이 화면에 잡혔다. 그때부터 학생들은 물론 선생님들과 알 만한 사람들은 다 나를 문신한 교감으로 불렀다.

한번은 목욕탕에서 옷을 벗고 탕으로 들어가는데 아버지가 꼬마 아들 몸을 닦아 주고 있었다. 갑자기 꼬마가 아버지에게 큰 소리로 말했다. "아빠, 농구선수인가 봐" 분명 지나간 사람은 나 혼자였으니 그 주인공은 난데, 이런 단신 농구선수가 어디 있을까. 당시 몇몇 운동선수들 문신한 모습이 중계방송 화면에 잡히기도 했으니 그걸 보고 졸지에 꼬마의 눈에 난 농구선수가 되었다.

그즈음, 딸이 무슨 말인가 하려는 듯 머뭇머뭇 내 눈치를 살폈다. 필시 이때는 뭔가 아쉬운 일이 있는 거다.

"너, 무슨 일 있지?"

"아빠!"

콧소리에 애교가 간드러진다.

"나 문신해도 돼?"

이게 웬 뜬금없는 소리인가. 화들짝 놀라는 표정을 지으며 물었다.

"응? 아가씨가 더구나 공무원이 무슨 문신을 한다고 그래?"

"아니, 그냥 어깨에 조그맣고 귀여운 거 하나 하고 싶어. 내 친구들도 많이 했거든. 아빠도 선생님인데 했잖아."

이 녀석도 떼지어 다니는 조직인가. 무슨 일할 때마다 꼭 친구를 끌어들인다. 하긴 나도 회원들 팔아서 일 저질렀으니 내 딸이 틀림없다. 다 큰 놈이 제 마음대로 문신했다고 혼낼 일도 아니다. 나를 걸고 들어가는데, 딱히 거절할 일도 아니어서 못 이기는 척 고개를 끄덕여 주었지만 미리 허락을 받는 게 고마웠다. 수영장에 가면 앙증맞은 캐릭터로 자신만의 개성을 표현한 여성들을 본다. 이제는 문신을 패션의 일부 수단으로 생각하고 있으니 세상이 많이 변했다.

IRONMAN, ULTRAMAN. 수호신으로 어깨에 버티고 게을러질 때마다 나를 채찍질해 주는 고마운 문신이기에, 당시에 직진하기를 잘했다며 지금도 자랑스럽다.

실패도 재산이다

이따금 젊다는 혈기만 믿고 저지르는 섣부름이 대세를 기울게 한다. 생각해보면 난 참 못된 습관이 있다. 그걸 때 내지 못하고 종종 발등을 찧고 있으니, 문제가 아닐 수 없다. 마라톤에 입문해서 달리는 몸에 풀무질을 해댔다. 그 기세를 몰아 풀코스 10여 차례에 100km 울트라마라톤까지 완주했으니 달리기는 마음만 먹으면 자신 있다고 믿었다.

그 무렵 한 마라톤 대회에 나갔다. 그 못된 습관을 버리지 못하고 '어떻게든 되겠지'라며 대충 연습을 마치고 출발선에 섰다. 풀코스 마라톤에 요행은 통하지 않는다. 반환점을 지나면서 암흑 터널이 입을 벌리고 있었다. 이미 몸은 정상 컨디션을 벗어나 버렸고 남은 거리가 까마득했다. 걷지는 말자던 나와의 약속은 어느새 정신의 나태함과 육신의 편안함에 굴복해 버렸다. 힘들게 37km를 지나는데 어느새 회수 버스가 강아지처럼 아니 저승사자의 얼굴로 꽁무니를 쫓고 있다. 결승선까지는 5km밖에 안 남았는데 사탕 앞에 흔들리는 마음이 얄미웠다.

내 결정장애를 치료할 약은 어디에 있을까

사람 좋아하고 일 거절 안 하다 보니 주변에 '세상 바쁜 척은 혼자 다 하는' 사람으로 소문났다. 오라는 데는 없어도 갈 데는 많아서 매사 여유 없고 결정적인 순간에는 갈팡질팡하기 일쑤다. 나는 나만 아는 결정장애를 앓고 있다. 가령 운전하면서 평소 다니던 큰길로 갈까, 신호등 수가 적은 샛길로 갈까 하는 경계에 빠진다. 갈등하다 샛길로 빠지면 그날따라 차가 막혀 목적지에 더 늦게 도착한다. 물건을 고를 때도 마음을 정하지 못하고 흔들리다 집에 돌아와서 후회하는 일 따위다.

퇴직하고 나서 이따금 강연 요청이 온다. 불러주는 사람 체면도 생각하고 무엇보다도 내 만족도를 높이기 위해 꼼꼼히 준비한다. 광주 모 기관에 강연하러 가는 날이었다. 아침에 기차표를 예매하고 도서관에서 자료를 찾으며 강의 내용을 점검했다. 역까지 버스를 타도 넉넉할 시간에 문을 나섰다. 한참 동안 기다려도 오기로 했던 버스는 감감무소식이고 갑자기 마음이 바빴다. 기차 시간이 빠듯한데 빈 택시는 보이지도 않고 속이 바짝바짝 타들어 갔다.

가까스로 택시를 타고 기사님에게 '빨리빨리'를 주문했다. 기사님은 내 기분을 맞추기 위해 곡예 운전을 했고 난 택시 안에서 뜀박질했다. 저만치 역이 보이자, 마음속으로 각오를 다졌다. 이제 철인의 진가를 발휘할 시간이다. 내리자마자 빛의 속도로 돌진했으나 종이 한 장 차이였다. 얄미운 기차는 눈앞에서 서서히 꽁무니를 보였다. 그걸 바라보는데 진땀이 나고 온몸의 기운이 다 빠졌다. 작업실에 가서 승용차를 몰고 가야 하나. 그러기에는 시간이 더딜 텐데. 택시라도 잡아탈까.

그 순간에도 덤벙대며 결정을 내리지 못했다. 꽉 막힌 머릿속에서 어찌 이런 생각을 다 했을까. 다음 기차 시간표를 떠올리며 창구로 갔다. 천만다행은 이럴 때 쓰라는 말이었다. 30분 후 출발하는 기차를 예매하고 강연 주최 측에 전화로 사정을 설명했다. 이럴 땐 미안해 해야 한다. 최대한 그런 얼굴을 하고 헐레벌떡 숨을 몰아쉬며 강연장에 들어섰다. 그날 흘린 진땀 덕분이었을까. 5분 지각한 나를 박수로 맞이해 준 분들 덕분이었을까. 평소보다 더 열정을 다해 강의를 마무리했다. 돌아오면서 곰곰이 되짚어 보았다. 오락가락하는 내 결정장애를 치료할 약은 어디에 있을까. 있기는 할까.

실패를 인정하면 다른 세계가 보인다

회수 버스에 올라타야 하나 걸어서라도 완주해야 하나 두 마음이 싸웠다. 알량한 자존심에 이번에는 내가 버스를 보냈다. 적을 치기 위해 강을 건넌 뒤 타고 간 배를 불사르는 심정이었다. 눈앞에서 꽁무니를 보였던 기차처럼 서서히 사라지는 버스를 바라보고 잘못된 결정이었다며 나를 원망했다. 펜 끝에 절실함이 없으면 문장은 뻗어나가지 못한다. 이미 파김치가 되어버린 양다리는 무뎌진 펜촉이 되어 주인의 말도 듣지 않았다. 더 이상 달릴 기운이 없었다. 갑자기 속이 답답하고 구토 증세를 느꼈다. 아마 너무 힘든 탓에 몸이 포기하라는 메시지를 보내는 듯했다.

장거리를 달리다 보면 어느 순간에 자동반사적으로 움직이는 나를 본다. 이번 대회는 내 머릿속에 내장된 프로그램 회로의 배터리가 방전 일보 직전이었다. 여태까지 중도 포기를 한 적이 없었는데 이대로 간다면 이번 대회는 실패로 끝난다. 그것을 인정하기가 너무 싫었다. 가슴 한구석엔 어떻게라도 완주하고자 하는 마음이 간절했지만 이제 지나가는 차라도 있으면 얻어 타고 싶었다. 통제 불능이 되어버린 몸을 우스꽝스럽게 절뚝거리며 머릿속으로 수백 번도 넘게 후회했다.

왜 이런 고통스러운 일을 하는가. 발등을 찍었다. 다 때려치우고 마음 가는 대로 몸 가는 대로 편하게 살고 싶다. 적게 먹고 가늘고 길게 가고 싶다고 내 속에서 또 다른 내가 아우성쳤다. 그 순간 나는 사람이 극도로 예민해지면 없던 원망심도 만들어 낼 수 있다는 걸 알았다. 애꿎게도 정성스럽게 아침 밥상을 차려준 아내가, 대회장에 차를 태우고 온 후배가, 곁에서 함께 달리다 나를 버리고 멀찌감치 달아난 회원들을 떠올렸다. 생각나는 대로 누구라도 붙잡고 탓하고 싶었다. 돌이켜보면 아무도 권하지 않은 길을 제 발로 걸어 들어온 건 나잖은가. 그날 처음으로 내가 옳다고 믿으면 직진하자는 것도 다 옳지는 않다는 걸 깨달았다.

조금이라도 만신창이가 되기 전에 버스를 타지 않은 것을 후회하는데 마침 승용차가 느린 속도로 지나갔다. 초라한 몰골로 손을 흔드는 내가 애처로웠는지 고맙게도 차를 세웠다. 승용차 안에서 묵묵히 걸음을 옮기는 주자들을 보았다. 모두 나보다 위대했다. 이런 생각을 했다. '나는 마흔이 다되어 운동을 시작했다. 이번 실패의 경험은 내게 다른 선물로 다가올 것이다. 내가 남들만큼 튼튼하지 못하다는, 게으르다는 일깨움이다. 잊을 만했던 이 깨달음은 앞으로 계속해야 할 달리기 인생에 도움을 줄 것이다.'

운동장 부근에서 대회 진행 구급차로 갈아탔다. 기진맥진한 몸에 거기서부터라도 애써 아닌 척 피니시라인을 통과할까 하는 검은 마음을 품었다. 잠깐이나마 마음이 흔들린 걸 부끄러워하며 구급차 안에서 칩을 반납했다. 경기에서는 낙오했지만, 나 자신에게는 지지 않았으니 그나마 다행이었다. 가끔 되묻는다. 시키지도 않은 일인데 왜 이렇게 힘든 대회에 나가는 걸까. 그것도 참가비에 여러 경비를 내면서까지. 생각해보니 성격 탓이다. 학생에게 시험이 없다면 학교 다닐 만하다. 풀어진 연실이 되지 않으려면 무슨 일이라도 저질러야 한다. 일단 일을 벌여 놓고 그것을 수습하기 위해 머리를 싸맨다. 그렇게 시간이 지나면 허공에 늘어진 연실이 서서히 팽팽해진다. 지금까지 살아온 흔적이 그렇다.

그날 화장실에서 바지를 내렸는데 검은 물줄기가 쏟아졌다. 주인 잘못 만났다고 기력을 다한 몸이 보내는 항의였다. 거울에 비친 퍼석한 몰골만큼 나를 슬프게 하는 것이 또 있을까. 순간 차라리 앞으로 마라톤을 포기하는 게 낫겠다고 생각했다. 그런 마음이 오랫동안 떠나질 않았다. 며칠 동안 몸을 추스르면서 생각을 정리했다. 누구나 가슴 한구석에 짓무른 상처를 품고 살게 마련이다. 아픔을 감추지 않고 밖으로 꺼내 함께 나누면 상처가 고슬고슬하게 마른다. 좋기만 한 일이나 나쁘기만 한 일은 없다. 나쁜 일이 생기면 그다음에 선물처럼 좋은 일이 따라올 거라고 기대하는 이유다. 마음을 어떻게 쓰는가에 따라 감정과 사고가 달라진다. 준비하지 않으면 원하는 것을 이룰 수 없다는 혹독한 대가를 치르고 값진 교훈을 얻었으니 이 대회 또한 결코 잊을 수 없는 한 페이지가 되었다. 역경과 고난의 장벽은 극복하고 넘어서라고 있는 것이다. 스스로 실패를 인정하면 마음이 환해지고 다른 세계가 보인다는 걸 그때 알았다.

닦고 조이고 기름치기

익산은 철도 분기점이어서 어쩌다 역에 가면 제 할 일을 마친 기차는 몸을 부리고, 갈 길 바쁜 기차는 눈을 부라리고 있다. 타지를 갈 때 되도록 대중교통을 이용한다. 철도가 이어지는 곳이라면 기차 여행이 최고다. 설렘으로 치자면 국민학생 때 비둘기호나 통일호를 타고 가는 여행은 두말할 나위 없었다. 그 무렵 기차를 기다리다 보면 철도 직원들이 조그만 망치로 바퀴를 두들기며 지나가는 모습을 보았다. 왜 그렇게 하는지 몰랐지만, 훗날 그게 차량을 점검하는 일이라는 걸 알았다. 혹시 어디 나사라도 풀어진 곳이 있으면 소리가 달라지고 그걸 듣고 차량을 점검했다니 숙련된 경험자의 촉을 통한 고도의 기술이 아닐 수 없다.

그때 역에는 누구나 알아보게끔 큼지막한 한글 글귀가 걸려 있었다. '닦고 조이고 기름치자'라는 이 짧은 세 마디가 눈에 들어왔다. 한번 눈에 익은 사람은 스쳐 지나가도 망막의 그물에 걸리고 뇌리에 박힌 글귀는 쉽사리 잊히지 않는다. 80년대까지만 해도 정비소와 같이 차량과 기계를 다루는 공장에 가면 눈에 가장 잘 띄는 곳에 붙여둔 이 표어를 흔하게 보았다.

당시 자동차나 기계는 철판의 품질과 도금 기술이 지금 같지 않았다. 오래가지 않아 곳곳에 부식이 생기고 녹이 슬었다. 기계나 자동차는 여러 부속품을 꼼꼼하게 닦아야 고장 없이 사용할 수 있다. 그걸 무시하고 계속 운전하면 결국 나사가 풀려 큰 고장이나 사고로 이어질 수 있다. 어릴 적 어머니는 재봉틀을 사용하시다가 가끔 이곳저곳 주입구에 기름을 쳐 주었다. 기름만 잘 쳐 주어도 오랫동안 사용할 수가 있었다. 운전기사들이 거의 매일 차를 닦고 헐거워진 나사는 조이고 기름칠하는 이유가 여기 있다.

하물며 기계가 아닌 사람은 어쩌랴. 몸을 함부로 굴리면 쉽게 망가지고 고장 나는 게 당연하다. 자기 몸을 닦고 조이고 기름을 치는 것은 필수조건이다. 몸에 이상 신호가 보일 때 초기에 바로 잡지 않으면 큰 화를 입는다. 운동선수가 잔 부상을 대수롭지 않게 여겨 결국 선수 생명을 마감하는 것이 부지기수다. 건강을 과

신하는 사람은 어지간해서는 병원에 가지 않는다. 워낙 아파서 병원에 갔을 때 중증이라는 날벼락을 맞게 되면 본인은 물론 가족까지 삶의 리듬이 깨진다. 때늦은 후회 뒤에는 수많은 가정법만 따라붙는다. 호미로 막을 일을 가래로 막는 격이다.

명의를 만나다

한창 마라톤에 물이 올라 거의 매주 대회장을 찾던 시절이었다. 어느 날 왼쪽 발목의 느낌이 이상했다. 특별히 다친 기억도 없는데 힘을 줄 수도 없고 당연히 달리기는 엄두도 내지 못했다. 겨우 천천히 걷는 정도만 허락했다. 원인도 알 수 없이 갑자기 찾아온 발목 통증에 평탄하던 삶의 리듬이 무너졌다. 몸의 이상 신호를 받아들이기가 힘들었다.

점점 마음이 다급해지고 초조함이 나를 옥죄였다. 여러 병원에 다녔지만, 의사도 원인을 알 수 없다는 대답이 한결같았다. 다만 몸을 그만 부리고 쉬라는 말만 보탰다. 요새 유행하는 챗GPT가 내릴 법한 참 뻔한 처방이었다. 그때마다 속으로 그랬다. '여보슈, 쉬면 낫는다는 그런 처방은 나도 내릴 수 있다우.' 어느 구름에 비 들었는지 모른다는 말이 있다. 지푸라기라도 잡아야 할 심정이었다. 귀가 잔뜩 얇아질 대로 얇아진 무렵 누군가 말했다. 달리기하는 사람들 발목이나 무릎 통증에는 벌침이 최고라고. 친절하게도 용하다는 침쟁이까지 소개했다.

고속도로를 한 시간 넘게 달려 광천으로 갔다. 통증만 낫는다면 이깟 거리가 대수랴. 물어물어 도착한 곳은 허름한 시골 가게였다.

"계십니까?"

목소리를 낮춰 부드럽게 주인을 불렀다.

"누구세유?"

느릿한 충청도 억양을 앞세우고 안방 문이 열리더니 중노인이 고개를 내밀었다.

"아까 전화한 사람인데요. 여기가 벌침 맞는 곳 맞습니까?" 위아래로 쓱 훑어보고 "이리 들어오슈" 하더니 안방으로 데려갔다. 벌침이야 정식 의료 행위가 아니라 반듯한 시설을 기대한 것도 아니지만 중노인이 안방으로 들어오라는데 멈칫했다. 망설임도 잠깐, 여기까지 왔는데 그냥 돌아설 일이 아니었다. 증상이야 이미 전화로 대충 말씀을 드렸으니 처분만 바랐다.

이 양반이 서랍에서 플라스틱 통과 핀셋을 꺼냈다. 통 안에는 전투 태세를 갖추고 출동 명령을 기다리는 꿀벌들이 밖으로 나오려고 날개를 팔랑거렸다.

"혹시 벌 쏘여서 부작용 난 일 있는가?"

어릴 때 몇 번 벌에 쏘인 적 있지만 그때는 된장을 바르면 별

탈이 없었다.

"아니요, 그런 적 없습니다."

"발목이나 무릎 아픈 사람들 이것 몇 번 맞고 안 나은 사람 없어. 서울에서도 찾아오는 사람들 많구먼."

그새 핀셋으로 벌을 집어 꽁지를 내 발목에 댔다. 벌 몇 마리가 동원됐고 따끔했지만, 견딜 정도는 되었다.

"몇 번이나 맞아야 하나요?"

"아! 좋아지려면 서너 번은 더 맞아야지. 한 번에 나을 수 있간."

"선생님이 한 방에 낫게 해 주시면 손님들이 구름같이 몰려올 텐데요. 그럼, 돈도 몽땅 벌고 좋잖아요."

내가 슬쩍 능치듯 말을 건넸다.

"그 정도는 아녀. 내가 그렇게 용하믄 여기서 이런 일 안 허네."

순순하게 당신의 실력을 고백했다. 우리는 농담을 주고받으며 치료를 끝냈다. 서너 번은 더 맞아야 한다기에 약속을 꼭 지켰다. 그 집에 갈 때마다 한양에서도 온다는 손님들은 얼씬도 안 했고 발목은 나아질 기미조차 없었다.

침쟁이를 미덥지 않아 한 탓인지 내 정성이 부족한 탓이지 어느 구름에도 비 소식은 없고 백약이 별무소득이었다. 사실 달리기를 해서 밥이 나오는 것도 아니지만 이러다가 앞으로 달리기

를 못 하면 어찌 될지 답답한 날이 계속되었다. 몇 날 며칠 추적
추적 비가 내리듯 마음이 잔뜩 찌푸렸다. 우울증은 땀 흘려 일하
는 사람을 질색한다는데, 시간이 지나면서 불청객인 우울증까
지 나를 괴롭혔다.

운동을 못 하는 핑계나 동정이라도 받을 심산이었는지 가까
운 사람을 만나면 이런 사정을 하소연하고 다녔다. 우연히 신경
정신과 의사인 지인을 만나서 도움을 받았다. 대략 이랬다. "운
동할 때 나오는 도파민이 달리는 즐거움을 건네주었다. 당신은
스트레스를 달리기로 풀고 있었다. 도파민은 우리의 행동과 감
정에 커다란 영향을 미친다. 하지만 도가 지나치면 문제가 생긴
다. 운동이 과하니 좀 쉬면 좋아질 가능성이 있다. 너무 조급해
하지 말아라."

그가 덧붙이길, 밭농사도 한 가지 작물만 계속 심으면 땅심이
떨어지고 소출이 적어진다고 했다. 고민 끝에 일단 몸밭을 묵히
자고 결심했다. 좀 쉬고 싶다는 몸의 절규를 받아들이기로 하니
마음이 홀가분했다. 운동을 못 해도 몸의 감각은 잃고 싶지 않았
다. 결국 동료들이 참가하는 대회를 따라가 뒷바라지하면서 갈
증을 달래는 수밖에 없었다. 그렇게 욕심을 내려놓다 보니 어느
순간 통증이 사라지고 서서히 컨디션을 회복했다. 간절함이 몸
을 움직였는지 참 알 수 없는 일이었다. 쉬면 낫는다던 명의의
말이 새삼 떠올랐다. 기계는 정지 버튼을 누르면 멈춘다. 이따금

몸에도 정지 버튼을 누르고 충전의 시간을 가져야 한다. 덕분에 쉼의 중요성을 뼈저리게 느낀 시기였다. 더불어 마음과 몸을 닦고 조이고 기름친 값진 성과였다. 그때의 시련은 훗날 내가 살아가는 데 커다란 교훈이 되었다. 오늘도 작은 망치를 들고 내 몸에 귀 기울인다. 그것이 나에게 죄짓지 않는 길이다.

나는 달리고 싶다

고등학교에서 교감직을 맡고 첫 방학을 앞두었을 때였다. 조직 사회에서는 여유와 균형을 잘 잡아야 하는 경우가 많다. 학교는 다 그렇지만 특히 인문계 고등학교는 학생들의 성적에 민감하다. 소위 말하는 좋은 대학에 많이 넣으려면 성적을 올려야 한다. 그래야 잘 가르치는 학교라고 소문이 나서 우수한 신입생을 모을 수 있다. 방학 때 할 보충수업 시간 수를 가지고 일부 선생님과 마찰이 생겼다. 선생님은 수업 시간이 너무 많으니 줄여야 한다고 했다. 나는 수업을 한 시간이라도 더 해서 성적을 올리자고 했다.

운동에 빠져서 훈련할 때 선수들끼리 나누는 이야기가 있다. "피땀 흘리지 않고 좋은 기록을 낼 수도 없고 그런 욕심을 내는 사람은 도둑놈 심보다." 내 경험으로도 지극히 당연한 말이다.

대회에서 좋은 기록을 세우려면 꾸준하고 체계적인 훈련밖에 다른 방법은 없다. 공부도 마찬가지다. 성적을 올리는 지름길은 수업을 많이 하는 것밖에 없다고 생각했다. 패기만만했던 시절, 일을 향한 열정이 용광로 쇳물처럼 식을 줄 몰랐다. 선생님들의 피로도는 뒷전이었고 끝내 내 고집을 앞세워 강행군했다. 결국, 교무실 분위기가 못에 걸린 천 갈라진 듯했다. 그 뒤로 선생님들과 나 사이에 나사가 하나 빠진 것처럼 삐걱댔다. 한없이 우울하고 무력감에 빠졌다. 당시 내게 시련은 할부가 아니라 일시불로 다가왔다. 선생님의 마음을 진단하는 망치를 가지지 못한 자책감에서 빠져나오기까지 참 오랜 시간이 걸렸다. 협상은 권투 시합이 아니다. 마지막엔 양쪽 손이 올라가는 게 타협의 기술이다. 그런 일이 있고 나서 중요한 일이 생길 때마다 여유를 가지고 균형을 잘 잡는 사람이 되게 해달라고 기도한다. 눈앞만 바라볼 게 아니라 한 박자 쉬면서 긴 호흡으로 멀리 뛸 준비를 한다.

비무장지대 월정리역에 가면 이제 달릴 수 없는 열차가 폐 레일을 베고 녹슨 채 누워 있다. 북으로 북으로 '鐵馬는 달리고 싶다!'라는 염원을 담고. 4001호 한국철도 디젤 기관차가 객차를 달고 달리고 싶어 대기하고 있지만, 고장 난 내 몸과 같았다. 열차도 나도 어서 달릴 날만 기다렸다. 철도 직원이 그랬듯 하루하루 내 삶을 망치로 두드리고 진단하면서.

부자(父子) 철인의
꿈을 이루다

내가 즐기는 철인3종만큼 매력 있는 운동은 없다. 아들이 대학에 가면 함께 철인 운동하고 싶었는데 장교로 군대 생활하고 싶다는 말에 솔깃했다. 하지만 갓 20대가 된 새내기 대학생은 선뜻 마음을 내지 못했다. 어릴 때부터 내가 나가는 철인 대회를 따라다녔으니 얼마나 힘든 운동인지 이미 잘 알고 있었다. 온몸으로 새긴 이야기와 깨달음을 통한 경험은 상대 마음을 열게 한다. 결국 끈질긴 내 권유, 회유, 설득, 협박 끝에 몇 번을 망설이다가 어렵게 발을 들여놓았다. 헬스클럽과 수영장을 드나들며 몸을 만들었다. 나란히 트레드밀에서 속도를 높이면 회원들 시선이 우리 뒷모습에 쏠려 있음을 느꼈다. 다른 사람들이 우리를 특별한 부자로 바라보고 그런 관심이 더 땀 흘리게 만드는 충분한 동기가 되었다.

수능을 마친 아들 얼굴이 잘 익은 보름달처럼 부풀어 있었다. 아들은 초등학생 때 축구선수였고 스키와 스노보드를 즐기는 유도 3단 운동 마니아다. 그렇지만 수능에 쫓겨 책상 앞에만 앉아 있었으니 배도 살짝 나온 우량 청소년이 되었다. 다행히 대학에 수시 전형으로 합격해 학군단 후보생이 되었다. 하지만 몸매는 이미 장교로 임관하고 싶다는 아들의 모습을 비웃고 있었다. 헬스장으로 끌고 가는 길은 딱 한 가지였다.

"호선아, 너 학군단 장교로 임관하고 싶지?"

"네."

"그럼 소대장이 시원찮으면 부하들이 말 듣겠어? 부하들을 지휘하려면 강한 정신력과 체력이 필수잖아."

내 말이 하나도 틀린 데가 없었다. 아들은 시원하게 대답하지도 못하고 내 말을 따르지 않을 도리가 없었다.

녀석의 등이 넓고 따뜻했다

살면서 보람을 느낄 때는 언제일까. 서로 생각이 다른 것처럼 그 순간도 다양할 것이다. 목표를 세우고 한 걸음씩 다가가 마침내 성과를 이룬다면 이보다 더 행복한 일이 또 있을까. 그 행복을 일구는 자리 한가운데에 가족이 함께 있다면 행복이 배가 될 것이다.

드디어 기회가 왔다. 2010년 8월에 열린 인천 송도 철인3종 대회에 함께 참가했다. 철인 종목은 준비물도 많지만, 대회장에서 순서대로 챙겨야 하는 것도 간단치가 않다. 첫 출전이라 많이 긴장하고 요령이 부족한 탓에 내 뒤를 따라오는 것도 힘겨워했다. 대회를 준비할 때나 대회에 나가면 달리는 길이 외롭다. 이번에는 내가 앞에서 이끌며 외롭지 않았고 나란히 결승선을 통과할 때 아들은 고통을 이겨냈다는 희열에 눈물을 보였다. 내친 김에 아들은 꾸준히 몸 관리를 해서 임관하기 전 몇 차례 시상대에 오르기도 했다.

시간이 흘러 임관식을 마치고 아들은 최전방 강원도 인제로 떠났다. 언젠가 휴가 때 한 말이 떠올랐다. 철인3종과 마라톤 풀코스를 완주한 자신감을 바탕으로 병사들과 원만하게 생활하고 있다며 나를 따라 운동한 게 다행이라고. 하지만 갓 임관한 소대장 임무를 수행하며 서서히 철인과 멀어졌다가 후방으로 부대를 옮기면서 다시 운동을 시작했다. 아들과 새로운 운동 목표를 세우자고 약속했다. 다시 철인3종 완주가 포함되었음은 물론이다.

아들이 휴가 때 수영 준비물과 자전거를 신고 귀대했다. 함께 대회에 참가했던 때가 어느덧 6년 전이다. 대회 날이 다가왔다.

어제 저녁 식사를 하는데 아들 낯빛이 마치 치과 의자에 누워있는 사람 같았다. 오랜만에 대회에 나서는 탓이다. 새벽에 대회장에서 준비운동을 마치고 내가 먼저 수영 종목을 시작했다. 선수들이 서로 앞으로 나가려고 치열한 전투를 벌였다. 철인대회에서 수영은 선수들끼리 몸싸움까지 신경을 써야 한다. 사이클이나 마라톤과 달리 수영은 상대를 구분할 수가 없다. 겨우 페이스를 찾고 나니 머릿속은 온통 뒤에 따라 올 아들 생각으로 가득했다. 준비가 부실했는데 제대로 나아가기는 하는 걸까.

바다를 빠져나와 바꿈터로 달려갔다. 눈앞에 보이지 않으면 좋았을 아들 자전거가 목을 빼고 주인을 기다리고 있다. 아직도 바닷속에서 물과 싸우고 있겠구나. 그렇다고 나도 거기서 마냥 시간을 보낼 수는 없다. 어디쯤에서 갑자기 나를 부르며 추월하는 아들을 상상하며 내 자전거를 끌고 출발선으로 향했다. 달리면서 한편으로 아들이 바다에서 제대로 나오기나 했는지 걱정스러웠다. 몇 차례 철인대회 경험이 있으니, 별일은 없을 거라 위안 삼으며 페달을 밟았다.

수많은 선수가 나를 앞질렀고 그 틈에 끼어 사이클 반환점에 도착했다. 그때부터는 아들을 찾기 위해 반대편으로 고개를 젖혔다. 늦어도 이 정도 시간이면 모습이 보여야 할 텐데. 행여나 무슨 일이 생긴 것은 아닐지 방정맞은 생각이 들 때마다 애써 고개를 저었다. 초조한 마음을 페달에 담아 꾹꾹 누르며, 얼마나 달렸을까. 저만치에 낯익은 모습이 보였다. 점차 가까워지는가 싶더니 휙 스쳐 지나갔다. 순간 목청껏 소리쳤다.

"호선아! 힘내. 안전하게 타야 해."

눈물이 핑 돌았다. 조마조마했던 걱정이 사라지니 페달에 힘이 들어갔다. 한결 가벼워진 마음으로 사이클 종목을 마쳤다.

이제 남은 것은 마라톤이다. 걱정을 덜어버렸으니, 어깨 힘을 빼고 달리면 된다. 대회를 치르면서 항상 고비를 맞을 때가 있다. 고통스러운 순간을 넘기려면 호흡에 집중하고 몸을 리듬에 맡겨야 한다. 힘들면 곁에서 달리는 선수를 보며 위안 삼는다. '모두 힘들다. 하지만 결국에는 이겨낸다.' 당연한 이치지만 이겨내는 기쁨은 평소 흘린 땀방울에 비례한다.

누군가 그랬다지. 가만히 있는 사람은 더 빨리 늙고 움직이는 사람의 시간은 더디게 간다고. 어느 틈엔가 저편에서 아들이 달려왔다. 무척 힘들어했다. 스칠 때 손바닥을 마주치면서 힘내라는 말밖에 딱히 해 줄 수 있는 것이 없었다.

마라톤을 마치고 결승점에서 아들을 기다렸다. 모퉁이를 돌아오는 사람이 아들인가 싶다 가까이 올수록 다른 사람으로 변했다. 그렇게 한참이 지나고 아들이 들어왔다. 턱없이 부족한 연습량에도 결승점에 무사히 들어온 아들이 고맙고 대견했다. 아주 힘들었을 테지만 그 자리에서 나를 번쩍 업고 미소 지었다. 훌쩍 커버린 아들 등에 업히자, 가슴이 찌릿하며 부자(父子)의 정

(情)이 통했다. 녀석의 등이 넓고 따뜻했다. 행복이란 멀리 있지 않았다.

날고 기는 사람이 별만큼 많다

어릴 때부터 아들은 유난히 운동을 특히 축구하는 걸 좋아했다. 어쩌다 내가 집에 있는 날은 한 손에는 공을 들고 나를 공원으로 끌고 갔다. 평소 바쁘다는 이유로 함께 놀아주지 못한 미안함을 그 시간에 갚았다. 그때 적어도 아비 눈에는 공 다루는 솜씨가 제법이었다. 칭찬에 으쓱했는지 나중에 축구선수가 되고 싶다고 했다. 다행히 아들이 다니는 학교에 축구부가 있었고 4학년에 올라간 뒤 감독 눈에 들어 축구부에 뽑혔다. 어느 날 축구부 감독이라면서 전화가 왔다. "아버님, 호선이가 공 다루는 솜씨가 좋아 축구부에 넣었으면 하는데 허락해 주실 수 있는지요?" 순간, 내가 얼굴도 모르는 감독에게 찾아가 슬쩍 끼워만 달라고 사정하지 않아도 된다는 데 감사를 넘어 감격했다. "아, 네! 축구를 좋아하긴 하는데, 축구부에 들어갈 정도는 아닐 텐데요." 애써 겸손한 목소리였지만 속으로는 감독님께 절이라도 하고 싶었다. '제 자식놈이 축구를 좋아하는데 어떻게 축구부에 넣어 머릿수라도 채워주시면 안 되겠습니까?' 이렇게 아쉬운 소리 하지 않아도 되었으니 말이다.

그 뒤 아무리 바빠도 축구부 학부모 모임에 빠질 수 없었다. 전지훈련이나 친선경기가 열리면 시간을 쪼개 감독님의 눈도장을 찍고 다른 학부모님들에게도 열성이 넘치는 아빠라는 것을 보여야 했다. 내 정성에 감복했는지 어쩌다 감독님이 4학년짜리 후보를 경기장에 넣어 주기도 했다. 그러면 실력 발휘는 고사하고 제발 실수만 하지 않기를 바라는 마음으로 가슴이 더 뛰었다. 그 순간을 위해 애쓴 보람에 돌아오는 길은 피곤함이 달아났다.

내가 근무하던 학교는 유도 선수를 육성했다. 화단의 나무가 저절로 자라는 게 아니듯 자식을 운동선수로 키우는 것도 보통 정성으로 되는 게 아니었다. 학부모 임원을 맡으면 수시로 학교에 드나들며 감독, 코치 선생님 뒷바라지도 마다하지 않았다. 학부모 대부분은 대회가 열리면 며칠씩 집을 비우고 아들을 따라다녔다. 부모의 정성만큼 자식의 실력이 오르면 얼마나 좋을까. 시상대에 선 옆집 아들을 부러운 눈으로 바라보며 '다음에는 내 아들도 저 자리에 오르겠지'라는 희망 고문으로 하루가 저문다.

나도 자식 앞에선 어쩔 수 없는 아빠였다. 축구에 빠진 아들 기죽을까 봐 가족이 예정에도 없는 전국 대회장을 찾아다닌 것도 여러 차례였다. 잘 나가던 어느 날 아내가 할 말이 있다며 일찍 들어올 수 없냐고 말했다. 말이 의문형이었지 만사 제쳐 놓고 일찍 들어와야 한다는 명령으로 들렸다. 그 무렵 이런저런 일로 내 귀가 시간은 거의 자정 무렵이었다. 분위기가 심상치 않았다.

대뜸 아들 축구를 그만 시켜야겠다고 아내가 중대 선언했다. 아내의 일방적인 발표에 놀라 그 이유를 물었다.

"매일 밤 12시가 다 돼서 들어오는 당신은 얘가 요새 어떻게 하는지 알기나 하는 거예요?"

"무슨 소리야? 공부도 축구도 열심히 하고 있잖아?"

나는 아내와 아들을 번갈아 보면서 말꼬리를 흐렸다.

"얘가 축구하고 와서 저녁만 먹으면 책상 앞에서 꾸벅꾸벅 조는데 속상해서 더는 못 보겠어요. 공부만 해도 시원찮은데 운동해서 성공하는 게 얼마나 어려운지 당신이 더 잘 알면서. 아무튼 축구는 여기에서 그만두는 걸로 해요."

끼어들 틈도 주지 않고 덧붙였다.

"호선이 너도 알았지?"

집안 살림과 아이들 돌보는 일은 아내 몫이었다. 그 외에 아이들 유치원부터 학교를 선택할 때도, 여행을 갈 때도, 심지어 영화를 보러 갈 때도 다 내 멋대로 결정했다. 이번에는 상황이 달랐다. 내가 낮은 소리로 말했다. "여보, 나도 운동해서 성공하는 게 얼마나 힘든지 잘 알아. 하지만 사람은 자기가 하고 싶은 일 하며 살아야 행복하잖아." 여기까지 겨우 말을 이었다. 내 이론과 아내의 현실이 맞부딪쳤다. 이제 아들의 선택에 맡겨야 한다. 은근히 아들이 강하게 자기주장을 하기 바라며 반응을 살폈다. 녀석이 우물쭈물했다. 나보다 아내의 눈치를 보더니 결국 축구를 포기하는 걸로 백기를 들었다. 그간 제 엄마에게 어지간히 혼난 모양이다. 낮에 운동하느라 땀에 전 몸으로 공부하기가 얼마나 힘들었을까. 하긴 나도 운동에 미쳤냐는 말을 듣기도 하지만 이따금 다 놓고 마냥 늘어지고 싶은 적도 쌔고 쌨으니.

그때 아들이 계속 운동하겠다고 고집부렸으면, 또 내가 거기에 부채질했더라면 지금 제 목구멍에 풀칠이나 제대로 하고 살려나 아찔하다. 당시에는 아들이 좋아하는 축구를 하지 못해 아쉬웠지만 지금은 아내 말 듣기 잘 했다는 생각을 하기도 한다. 이따금 자기 생각이 옳다고 무조건 직진하다가 가정이 삐걱대는 집이 있다. 지금은 아이들이 다 자라 아들은 제 가정을 이루었고, 딸은 결혼을 앞두고 있으니 내 기운도 어느 정도 누그러졌지만, 아내와 아이들의 목소리에 더 귀 기울일 일만 남았다.

아들은 그 대회를 치르면서 무겁게 느꼈을 것이다. 저절로 이루어지는 것은 아무것도 없다는 것을. 세상에는 날고 기는 사람이 하늘에 박힌 별만큼 많다. 그 틈에 우뚝 선다는 건 그 별을 따는 일보다 더 어렵다. 대회를 마치고 함께 다짐했다. 기회를 만들어 하반기에 다시 나가자고. 힘들지만 열심히 훈련해서 기필코 명예를 회복하겠다고 했다. 함께 완주하고 새로운 다짐을 들으니 뿌듯했다. 떨어져 살다 보니 평소 이야기할 시간이 매우 부족하다. 둘이 같은 목표를 향해 직진하면서 강한 체력과 정신력까지 덤으로 얻고 부자간에 정을 나눌 수 있으니 얼마나 더 행복해지길 바라겠는가. 속으로 읊조렸다. '호선아, 험한 일 헤쳐 나가려면 이 정도 정신력은 있어야 해.' 내게 하는 말이기도 하고 아들에게 내내 당부할 말이기도 했다.

길이 다 일가친척이라고

　함민복 시인은 그의 산문집에서 '길들은 다 일가친척'이라고 했다. 모르고 하는 소리다. 자전거 타고 진도 해안도로를 따라 섬 한 바퀴인 70km를 일주했다. 적어도 거기에서는 아니었다. 대로에서 골목길로 다시 골목에서 산길로 이어졌다. 구불구불 삐뚤삐뚤 낙타 등처럼 오르락내리락 끊임없이 이어지는 해안도로가 나타났다. 달려보면 안다. 거기서 길들은 아마 일가친척은 아니고 이웃의 사촌이거나 사돈네 팔촌쯤 될 성싶었다.

　연습이 부족한 사람에게 해안도로 70km는 절대 호락호락하지 않다는 것을 따끔하게 가르쳐주었다. 섬 지역 특유의 날 선 길을 오를 때는 땀방울이 줄줄 쏟아졌다. 오르막길에서는 페달을 밟아도 밟아도 시원스럽게 나가지 못하고 가슴 깊은 곳에서 해녀 숨비소리 내지르듯 거친 숨이 터져 나왔다.

오르막만 있는 삶이 어디 있겠는가. 그 순간의 고통을 이겨내면 저만치에 드디어 정상이 보이기 시작한다. 오르막이라고, 힘들다고 포기하지 마라. 참고 이겨내면 시원스럽게 뻗어 있는 내리막이 있는 법이다. 하지만 내리막이라고 해서 마냥 내달리기만 해서는 안 된다. 심하게 굽은 길에서는 적당하게 속도를 늦추는 요령을 터득해야 위험을 피할 수 있다. 사업이 상승곡선을 탄다고 무리하게 과속하다가 무너지는 경우가 좀 많은가.

해마다 근 10여 차례 마라톤이나 철인3종 대회에 참가한다. 이렇게 하는 것은 나에게 커다란 의미가 있다. 평범하고 느슨한 생활보다 꽉 짜인 틀에 나를 몰아넣는다. 나도 모르게 몸에 밴 습관이다. '일단 저지르면 뭐라도 얻는 게 있잖아. 잘하지 못해도 괜찮아. 경험하는 것이 재산이니까.' 그것을 하나씩 성취하면서 내가 살아 있다는 것을 실감한다. 대회 신청을 마치면 먼저 참가비부터 입금한다. 그러고 나면 마음가짐이 달라진다. 훈련을 게을리하면 가장 먼저 내 몸이 더디게 반응한다. 그 고통은 고스란히 내가 짊어져야 할 몫이다. 수영하는 물속이나 달리는 도로에서는 누구의 도움도 받을 수 없다. 그야말로 악전고투를 벌이며 나를 돌아본다.

이때 내가 나와 대화할 수 있는 시간이다. 호흡에 집중하면서 내가 품고 있는 고민을 떠올린다. 이렇게 힘든 것도 이겨내는데 그깟 일을 가지고 머리를 싸매다니. 거친 호흡에 고민과 욕심을 담아 허공으로 뿜어낸다. 그러면 몸이 조금씩 가벼워지는 것을 느낀다. 단순히 대회에 다녀오는 것보다 많은 것을 얻을 수 있다.

삶에 공짜나 요행은 없다

운동하는데 시간을 아끼면 병원에서 그 시간을 써야 한다. 진도 자전거대회를 앞두고 너무나 태평한 내가 나를 다그쳤다. 자전거를 몰아 산으로 난 길로 방향을 잡았다. 거무튀튀한 새벽은 하늘과 산봉우리의 경계가 어렴풋하다. 숲으로 흘러 들어가니 온갖 풀벌레들이 존재를 위로받으려는 듯 제 이름을 부르며 목을 놓는다. 산은 늘 그 자리에서 뭇 생명을 품어주고 나를 맞이한다. 지친 몸을 이끌고 들어갈 때마다 찾아와 안부를 묻는 텃새와 들꽃을 보며 나아갈 길을 찾아 힘주어 페달을 밟는다.

노 삼아 페달을 굴리면 세상의 길들은 자기 몸을 내어준다. 그 길들이 바퀴를 감쌌다가 풀어주면 몸은 새롭게 태어난다. 탄력 잃은 허벅지에 회초리를 들기 위해 오랜만에 산 정상을 넘어가는 길로 들어섰다. 게으름 부린 만큼 시간이 갈수록 길은 바퀴를 쉽사리 놓아주지 않는다. 속도를 줄이지 말자고 용쓰면 바닥의 길이 내 몸 안으로 빨려 들어오지만 겨우 평지의 걸음 속도를 벗어나지 못한다. 온몸이 땀으로 범벅이다. 연료를 태우고 난 진한 땀 냄새를 놓치지 않고 초파리 떼가 극성이다.

애들은 나를 자기들 영역에 들어오는 침입자쯤으로 여기는 모양이다. 네댓 마리가 눈앞에서 곡예비행을 하며 나를 위협한다. 하룻강아지 범 무서운지 모른다더니 영락없는 하루살이다. 겁 없이 볼때기에 달라붙는 녀석이 있는가 하면 제 몸을 고글에 부딪치기도 한다. 태평양 전쟁을 일으키고 무모한 육탄 공격으로 전세를 만회하려던 일제 가미카제 정도이거나, 제가 호랑이보다 센지 간을 보는 작업이다. 아랫입술을 위로 뽑아 입바람으로 쫓아보지만 별무소득이다.

급경사를 오를 때는 핸들을 잡은 양손에도 힘이 잔뜩 들어간다. 안 그래도 힘들어 죽겠는데 하찮은 초파리가 나를 더 지치게 한다. 화풀이라도 하듯 한 손을 풀어 초파리를 낚아채지만, 불안한 자세에서는 어림없다며 나를 비웃듯 잠시 사정거리에서 멀어진다. 어느 순간 약이라도 올리듯 다시 나타나 온몸으로 오두방정을 띤다. 낚아채려다가 균형이라도 잃으면 넘어져서 크게 다칠 수 있으니, 상대하지 않는 게 그나마 최선이다. 초파리는 생과 사의 경계에서, 나는 상처를 입을 수 있는 경계에서 아슬아슬한 줄타기를 하는 셈이다.

무슨 일을 할 때마다 주변을 떠나지 않고 치근대며 깐족거리는 야발쟁이가 있다. 먹잘 것 있을 성싶으면 초파리 모여들 듯 기어들어 오는 사람도 있다. 주변 사람 입장은 아랑곳하지 않고 자신의 이익만 좇는다. 이럴 때 초파리 입장에서는 무척 억울할 법도 하다. 초파리가 살면 얼마나 살겠냐고 치부하지만, 이런 사람들은 단물이 다 빠질 때까지는 어지간해서 주변을 떠나지 않는다. 대꾸하지 않는 게 최상이지만 세상일이 어디 마음대로 되나.

맹수의 제왕이라는 호랑이도 눈앞에서 촐랑대는 이 녀석을 잡으려다 제 눈깔을 뽑았다는 초파리다. 내 손은 매번 허탕질이다. 어설피 잡으려 했다간 잡기는커녕 몸 상하고 자전거도 부서질 수가 있다. 그저 상대하지 말자고 내 마음을 가라앉히며 페달을 밟는다. 정상 부근까지 따라온 녀석들도 지치긴 했나 보다. 아니면 자기들 영역에서 침입자를 쫓아냈다는 승리감일까. 점점 빨라지는 자전거 속도를 따라오지 못하고 자취를 감췄다.

아무리 맛있는 음식이라도 먹고 난 찌꺼기를 쌓아두면 초파리가 꼬인다. 내 마음의 쓰레기통도 비워내지 않으면 스멀스멀 남을 원망하는 초파리가 자란다. 초파리도 못 이기는 나다. 애초에 이런 초파리들이 생기지 않도록 내 마음의 끈끈이를 장만할 일만 남았다.

젖 먹던 힘을 다해 달리고 있을 때 초파리를 피해 도망치듯 곁을 추월해가는 선수들이 있다. 초파리 신세가 되어 그들 꽁무니를 쫓으려 안간힘을 쓴다. 그러다가 어느 순간 저만치서 기를 쓰고 달리는 다른 선수를 앞지르며 가쁜 숨을 고른다. 내가 달릴 수 있는 속도는 내가 가장 잘 안다. 때로는 대회장에서 쫓기는 자의 불안함보다 쫓는 자의 여유로움을 즐기기도 한다. 곁에서 나를 앞지른다고 욕심을 내거나 들뜨면 대회를 망친다. 대회뿐만이 아니다. 삶의 여정에서도 마찬가지다. 옆 사람이 나보다 부족하다고 여기면 들뜸을 감추지 못한다. 내가 더 잘한다는 희열에 사로잡혀 얕잡아 보고 거만해진다. 한순간은 통쾌함에 하늘을 날겠지만, 날개가 꺾이면 결코 보상받을 수 없다. 대회 두어 달 전, 갈비뼈 골절로 약 1개월 정도 운동을 하지 못했다. 이번에 그 티가 여실히 드러났다. 사이클을 탈 때 사고를 당하기도 했고 이따금 커다란 사고를 목격하기도 한다. 내리막은 물론이거니와 평지에서도 속도가 워낙 빨라, 아차 하는 순간 대형 사고로 이어진다. 살아가는 일도 다르지 않다. 아무렇게나 남겨진 음식은 부패하고, 잘 보관한 음식은 발효하여 몸을 이롭게 한다. 순풍에 돛단 듯 나가던 사람이 어느 날 초췌한 모습으로 나타나거나 소리소문없이 자취를 감추기도 한다. 이런 소식을 듣고 나면 세상이 온통 무채색이다. 모두 자신의 속도를 주체하지 못해 생기는 불상사다.

대회에 나가면 정신 바짝 차려야 한다. 사람 참 힘들게 하지만 거기에 우리 삶의 단면이 녹아있다. 솟아난 도로를 마주하면 모든 것을 내려놓자고 다짐한다. 땀방울 따라 내 영욕과 번뇌,

질투와 망념 등이 엄동설한 화로 위에 떨어지는 눈발처럼 스러진다. 페달을 밟으며 머릿속으로는 지난 시간을 떠올렸다. 삶에 공짜나 요행이 없다는 것을 깨닫게 한다. 때로는 평평한 길을 걷기도 하고, 울퉁불퉁한 자갈길이 나타나기도 했다. 이따금 돌부리에 걸려 넘어지기도 했다. 넘어졌다고 돌부리를 걷어차거나 자책할 일은 없다. 남을 탓할 필요는 더욱더 없다. 일어서서 꿋꿋하게 내 길을 걸으면 된다. 그때야 비로소 길은 모두 일가친척이 될 것이다.

포기하는 것도
용기라지만

한때는 화끈한 경기라서 즐겨보던 시절도 있었다. 거기에도 나름대로 규칙이 있지만, 요즘은 사람이 사람에게 너무 심한 게 아닌가 싶어 채널을 돌리고 만다. 바로 UFC 격투기 시합이다. 세상사 직진하고 싶어도 안 되는 수가 있다. 더 정확히 말하면 제아무리 의지가 강해도 몸이 따라 주지 않으면 일어설 수가 없다.

눈빛을 번뜩이며 치열하게 다투다 한 방 얻어걸리면 그대로 주저앉는다. 비틀거리며 일어서려고 안간힘을 다한다. 야속하게도 풀려버린 다리는 주인 말을 듣지 않고 주심은 경기를 끝낸다. 승자의 환호를 멍한 눈으로 바라보는 패자의 모습에 의지만 앞섰던 안타까운 내 모습이 겹친다.

무주에서 열린 자전거 대회에 갔을 때 일이다. 일 년 열두 달

여기저기에서 이런저런 대회가 수없이 열린다. 듣지도 못했던 자전거 대회도 차고 넘친다. 지금까지 그렇게 많은 대회에 나갔는데 전날 밤이면 왜 그렇게 가슴이 뛰는지 아직도 모를 일이다.

대회에 나가다 보면 서로 의지하려고 나란히 달리는 경우가 있다. 그날 팀 후배가 함께 달리자고 했다. 이때 누군가 속도가 느리면 수평이 맞지 않고 기우뚱거리게 된다. 앞서가는 사람은 무한한 인내심을 발휘해야 한다. 후배가 나보다 오르막 공략이 약했다. 이번 코스는 높이나 거리가 절대 호락호락하지 않다. 적어도 나 때문에 균형이 깨질 일은 없을 것 같아서 내심 다행이었다.

뚫고 나가야 할 125.7km를 여섯 시간 삼십 분 안에 완주해야 했다. 늦가을 아침, 산골을 따라 흐르는 공기가 시리게 날을 세우고 있었다. 물 만난 물고기처럼 날렵하게 치고 나가는 선수들에게 길을 양보하고 우리끼리 앞서거니 뒤서거니 했다. 아름다운 무주의 산천초목을 눈에 담을 틈도 없이 마침표를 생략한 문장처럼 20km쯤 달렸을까. 몇 군데 완만한 경사가 있었으나 거침이 없었다. 첫 번째 보급소에서 에너지를 보충한 뒤 다시 안장에 몸을 얹었다. 다음 보급소는 말로만 듣던 악명 높은 오두재를 넘어야 만날 수 있다.

길과 자전거와 내 몸은 삼각관계다

그날 오두재는 분명 귀가 아주 간지러웠을 것이다. 대회의 중심 지점으로 가장 험한 구간이라 사람들의 입에 많이 오르내렸으니 말이다. 다녀온 사람들 말에 따르면 많은 참가자가 오두재에서 중간에 끌바(고갯길이 가팔라 도중에 내려서 자전거를 끌고 가는 것을 뜻하는 용어)를 한다고 했다. 이제나저제나 하며 이정표에 눈길을 주었다. 한적하게 뻗은 길이 우측으로 심하게 휘어지면서 콘크리트 포장길로 이어졌다.

해발 1,800m. 저만치서 길이 척추를 꼿꼿이 세우고 나를 내려다보고 있다. 드디어 오두재 입구에 들어섰다. 가보지 않은 길이라 가늠조차 할 수 없었다. 장대처럼 하늘을 받치고 있는 가파른 언덕길에 앞서가는 선수들의 운동복이 단풍잎처럼 붙어 있었다. 이때는 자전거와 적당히 타협해야 한다. 앞 기어의 대가리를 낮추고 뒤는 올려야 한다. 그래야 내 몸의 무게를 쪼개서 길을 담을 수 있다. 몸이 길의 결을 알아차리고 어루만질 정도가 되면 그때부터 자전거 고수의 경지에 이르게 된다.

길과 자전거와 그 위에 얹힌 내 몸은 피할 수 없는 삼각관계다. 어느 한쪽으로 치우침 없이 균형을 잡을 때 비로소 세상으로 스며들 수 있다. 길은 등을 내어주되 결코 지나가는 자전거에 짜증을 내거나 흐름을 방해하지 않는다. 어쩌다 자전거와 몸이 쓰러지면 그걸 보듬어 안고 같이 아파할 뿐. 자전거는 바퀴를 굴려 길을 빌려 쓰지만, 흔적을 남기지 않는다. 때론 울퉁불퉁한 길을 만나면 저를 맡긴 채 흔들리며 함께 부대낀다. 몸은 길의 경사에 따라 자전거의 기어를 조절하여 힘을 쪼개고 앞길을 뒤로 보낸다. 마침내 몸은 지나온 길과 자전거를 돌아보며 그 노곤함을 위로한다.

포기라는 선택지

경사를 이기지 못하고 하나둘 끌바 하는 선수들이 늘어났다. 끝까지 견뎌보리라 이를 악물었다. 가파른 언덕을 쉬지 않고 달린다는 건 머리로 상상하는 것과는 차원이 다르다. 갖은 악조건에서도 내리면 안 된다는 부담감, 정상이 얼마 남지 않았다는 성취감, 허벅지를 파고드는 고통 속에서 입으로 흐르는 땀방울을 불어내고 아직은 죽지 않았다며 나를 다그친다. 이런 간절함도 잠시. 걷는 선수들 곁을 지나면서 다리 힘이 풀렸다. 결국 땅에 발을 딛고 말았다. 다리가 후들거렸다. 그렇다고 정상까지 얼마나 걸릴지 모르면서 무작정 걸을 수는 없었다. 50여 미터쯤 지나자 마음이 급했다. 다시 페달을 밟기 시작했다. 직선으로 코스를 정복하기에는 비탈이 호락호락 길을 내주지 않았다. 맞서면 안 되었다. 꾀가 났다. 마음을 내려놓고 오르막과 타협했다. 도로 폭을 활용해 갈 지(之) 자로 파먹기 작전을 세웠다.

저 멀리 비탈길을 달리는 차량이 보였다. 그곳까지만 가면 시련이 끝날 줄 알았다. 신기루였다. 그 자리에서부터 본격적으로 가파른 언덕이 시작되었다. 끝없이 이어지는 오르막이었다. 심마니들만 오를 수 있다는 강원도 두메산골이 이럴까 싶었다. 코스를 만든 사람 심보가 못됐다고 생각했다. 물고기가 거센 물줄기를 거슬러 오르듯 댄싱(자전거 안장에서 엉덩이를 떼고 서서 페달을 구르는 것)을 하면서 치고 오르려고 무지하게 용을 썼다.

한번 걸으면 얼마나 편한지 이미 맛을 보았다. 나중에는 자전거를 끌고 언덕을 오르는 것조차 만만치 않았다. 휘청이며 자전거를 끌거나 낙엽이 되어 그늘에 드러누운 선수들이 보인다. 참 고약한 유혹이다. 앞쪽에서 패잔병들이 후줄근한 몸을 추스르고 있었다. 처음 보는 동지들과 신세타령을 하다가 고삐를 조였다. 꼭짓점까지 100m 남았다. 철인이라는 이름값을 해야 한다. 여기서부터는 어떤 일이 있더라도 걷거나 구겨진 모습을 보여서는 안 된다. 터진 호스로 물이 새듯 흐르는 땀이 턱선을 간지럽혔다. 안장에 올라 안간힘을 썼고 그 순간 몸에 문제가 생겼다. 결국 일이 터졌다. 양쪽 허벅지 안쪽이 뻣뻣하게 굳어서 꼼짝없이 바닥에 구르고 말았다.

언제부터인지 숨만 크게 쉬어도 근육 빠지는 소리가 들렸다.

몸을 학대할 때가 진즉 지났다. 자전거나 마라톤도 한동안 게으르면 달릴 때 필요한 근육이 굳어서 제대로 나아가지 못한다. 오죽하면 하루 쉬면 내가 알고 이틀 쉬면 몸이 알고 사흘을 건너뛰면 동료가 안다고 했겠는가. 다리에 조금만 힘을 주어도 근육이 뭉쳐서 움직일 수도 없으니 난감했다. 후배는 링이 아닌 자전거 위에서 한 방 얻어맞은 나를 애처롭게 바라보며 곁을 떠나지 않았다. 골인 지점을 20km여 남겨두고. 진퇴양난이었다. 그때 알았다. 포기하지 않고 성취하는 것도 훌륭하지만, 마음이 간절해도 몸이 따라 주지 않으면 이루지 못 할 일도 있다는 것을. 그날 나는 아쉬움을 뒤로한 채 포기라는 선택지를 들었다. 세상일 마음대로 되질 않으면 접어야 하는 것도 용기더라.

고통도 숙성하면
추억이 된다

　서슬 퍼렇던 1983년 1월 중순에 입대했다. 먹어도 허기지고, 입어도 춥고, 자도 자도 또 졸리는 게 훈련병 신세이다. 그해는 도끼로 하늘을 쪼갠 듯 훈련 기간 내내 엄청나게 눈이 내렸다. 자고 나면 세상이 온통 설국이었다. 점호도 생략한 채 아침 먹기 전까지 눈 치우기가 과제였다. 맹추위에 양 볼과 손이 발갛게 얼지만, 야선복 속은 땀으로 축축했다. 눈 때문에 훈련 일과를 바꾸거나 생략하는 일은 없었다. 조교들이 어찌나 혹독하게 구는지 한눈팔 겨를이 없었음은 물론이다. 조금이라도 요령을 부리면 가차 없이 눈밭에 주먹을 쥐고 엎드리는 '얼차려'를 시켰다. 그 시절 눈 치우기처럼 힘든 벌이 따로 없었다. 사복을 입었을 때는 낭만이었던 눈이 두려움으로 다가왔고 지긋지긋했다. 하얀 눈에 반사된 햇볕에도 얼굴이 탄다는 걸 그때 알았다. 잘 씻지도 못해 때가 끼고 꾀죄죄한 청춘들의 손등은 동상으로 코끼리 가죽이 되었다.

우리 동기들 누구나 어서 이런 지옥 같은 생활에서 벗어나기만을 손꼽았다. 당시에는 훈련소 마치면 제대라도 하는 기분으로 어깨에 날개가 돋을 지경이었다. 그렇게 6주간의 훈련이 끝나갈 즈음 육군으로 입대했던 우리 중대원들은 전투경찰로 신분이 바뀌고 나는 서울경찰청 기동대에 배치받았다. 세상에서 가장 더러운 게 정이라더니 훈련소를 떠날 때 그렇게 악랄했던 조교들과 미운 정 고운 정이 들었다. 그 가운데 우리 또래였던, 그래서인지 좀 순했던 조교가 우리 몇을 한쪽으로 불러 퉁퉁 불어 터진 마음에 따뜻한 위로를 전했다. 그날 그가 했던 말을 건성으로 듣지 않았다. 대략 이랬다.

"너희들 고생 많았다. 자대 가보면 그래도 훈련병 시절이 좋았다는 걸 알 것이다. 여기서는 죽으나 사나 동기들과 부대끼며 한 몸처럼 지냈지만, 자대 배치 받으면 믿고 의지할 사람이 없다. 눈치껏 알아서 혼자 해결해야 한다. 너희들은 잘할 거라 믿는다."

마치 군대 가는 아들에게 아버지가 당부하는 말이었다. 몇은 시큰둥하며 한눈을 팔기도 했고 나는 속으로 '아무렴 여기보단 낫겠지'라며 지레짐작했다. 며칠이 지나지 않아 그 말이 피부에 닿았다.

발 없는 소문이 담을 넘는다

'군대는 줄을 잘 서야 한다'라는 말이 있다. 그래야 좋은 부서나 괜찮은 보직을 받을 수 있다는 말이다. 군대에 한정한 게 아니라 어쩌면 인생살이가 모두 외줄에 얹혀 있는지도 모른다. 낯선 부대로 끌려가 보니 충충시하 선임이 즐비했다. 오랜만에 까마귀처럼 시커멓게 그을린 신병이 왔다고 모두 반색했다. 얼마 후에 안 사실이었지만 우리 소대는 2개월 동안 신병에 굶주렸다. 부려 먹기 좋은 먹잇감이 왔으니 대여섯 명이나 되는 두 달 선임이 신났다.

훈련소를 떠나올 때 조교가 했던 말이 머릿속에서 맴돌았다. 이제부터는 함부로 속마음을 터놓고 하소연할 사람도 없다. 내가 하기 나름이다. 주눅이 잔뜩 든 나는 선임들 눈치 보기에 급급했다. 소대 생활을 시작하면서부터 나사가 삐걱대기 시작했다. 당시 나는 대학에서 2년간 군사 훈련인 교련 수업을 받아서 3개월을 빼고 27개월만 군대 생활하면 되었다. 내 앞 두 달 선임보다 한 달을 먼저 제대하는 셈이다. 자기들보다 먼저 제대할 놈이라고 소문이 돌았고 선임 한 명이 배가 아팠던지 괜한 일에도 트집을 잡아 못살게 굴었다. 일과를 마치면 그날 신은 군화를 닦는데 꼬투리를 잡거나 식당에서 사역병을 필요하면 꼭 나를 보냈다. 내 뒤를 이어서 후임들이 들어왔는데 유독 나를 깐깐하게 대했다.

어쩌다 말대꾸라도 하게 되면 선임의 권위를 무시한다고, 그건 바로 자신을 무시하는 거라는 황당한 논리로 나를 괴롭혔다. 서로 생각이 달랐으니, 말이 통할 리 없었다. 조직 생활하려면 상급자의 말을 들어야 하는데 내 생각을 꺾을 마음이 없었다. 몇 개월 지나서 한밤중에 보초를 서는 절호의 기회가 왔다. 무얼 믿고 그랬는지 그동안 곪았던 감정을 주체하지 못하고 작정하고 대들었다. 한번 터진 말문은 닫힐 줄 몰랐다. 말에 감정이 실려 내가 점점 뾰족해졌다. 군대에서 하극상이 얼마나 큰 죄인가. 그런 소문은 막는다고 막을 도리가 없었다. 불과 몇 시간 만에 날개를 달고 중대에 퍼졌다. 다음날 선임 동기들에게 불려가 아주 초주검이 될 때까지 얻어맞았다.

어디 하소연할 수도 없는 일이라 어금니를 깨물며 견뎠다. 빚을 갚는다는 마음으로 오히려 맞으면서도 마음이 편하고 맷집이 생겼다. '오냐, 때리고 싶은 만큼 때려라. 대신 제대하는 날 그냥 정문을 나가지는 않겠다.' 눈을 부릅뜨고 복수하겠다는 오기로 버텼다. 결국 이런 지독한 놈은 처음 봤다며 구타를 멈췄다. 하룻밤이 지나자 가슴 전체가 온통 피멍이 들었다. 약이 오른 내 가슴속은 시커멓게 타들어 갔다. 오후에 그 선임이 조용히 나를 불러 너무 심하게 해서 미안하다며 달랬다. 병 주고 약 주는 격이었지만 따지고 보면 원인은 내가 만들었으니 오래 끌고 갈 일도 아니었다. 어차피 몸뚱이로 매 품은 갚았으니 순순히 물러나긴 싫었다. 아무리 잘못했다손 치더라도 이렇게 구타하는 건 심하지 않았냐, 선임 대접 잘할 테니 앞으로 적당히 하라며 타협 아닌 타협을 했다. 그 일이 있고 나서 선임들이 나를 대하는 태도가 많이 누그러졌다.

고통도 숙성하면 추억이 된다

상대방이 인정하지 않는 권위는 이미 생명을 잃은 허깨비일 뿐이다. 권위가 무너진다는 불안은 그 권위가 어디서 나오는지 알 수 있기 때문이다. 시집살이 당한 며느리가 더 한다더니 미워하면서 내가 그를 닮아 갔다. 내가 만든 얄팍한 권위가 나를 불안하게 했다. 선임에게 대든 전력이 있으니 후임들이 내 말을 잘 따르지 않을 때는 아닌 체하지만, 그들의 눈치를 보았다. 군대는 시간이 지나면 당연히 어깨에 붙는 계급장의 무게가 달라진다. 아무것도 아닌 내가 군대 며칠 일찍 온 걸 무기라고 여기며 후임 위에 군림하려 들었다. 나 또한 내가 미워한 선임과 한 치도 다를 바가 없었다. 권위는 억지로 만드는 게 아니라 저절로 찾아온다는 것을 나중에 알았다.

결국 제대 전날 회식 자리에서 그 선임이 따라주는 술 한잔을 받으며 하염없는 눈물 바람에 회식은 흐지부지 마무리되었다. 그 자리에서 흘린 눈물은 원망이나 증오가 아니었다. 이 밤이 지나면 민간인이라는 홀가분함이 나를 너그럽게 만들었다. 더하여 보잘것없는 나를 무시하지 않고 따라준 후임들에 대한 미안함과 고마움이 녹아 있었다.

제대한 지 20년이 넘을 때까지도 징집 영장이 나를 끌고 가거나 휴가 마치고 귀대하는 꿈을 꾸었다. 악몽도 그 정도라면 당해낼 재간이 없다. 눈을 뜨는 순간 온몸의 진이 다 빠진다. 가만히 정신을 차리면 천하를 얻은 기분이 뒤따른다. 군대 다녀온 사람들은 자기만큼 고생한 사람은 없다고들 한다. 나도 그들 가운데 빠지면 서운한 사람이다. 거기에서 배운 인내심과 깡다구가 지금의 나를 철인으로 만든 한 가닥 힘줄이었나보다. 시간이 지름길로 흘러 어느덧 환갑이 지났다. 한때는 고통일지라도 잘 숙성하면 구수한 추억이 된다는 걸 알았으니 나이를 먹긴 먹었나보다.

엉겁결에 로또

　살다 보면 전혀 생각지 않았던 일이 벌어지기도 한다. 그게 재물이거나 명예처럼 좋은 일이면 횡재요, 반대로 뜻밖에 당하게 되는 재난이나 액운이면 횡액이다. 45개 숫자 가운데 6개가 일치하면 인생 역전이라는 횡재를 한다. 세 개 번호가 일치하면 5천 원을 받지만, 이것 또한 쉽지는 않으니 한두 개밖에 맞히지 못했다고 해서 횡액이라고 낙담할 일은 아니다. 저 위쪽 마을에서는 '육사오'라고도 한다는 로또 이야기다.

　2023년 5월에 내가 사는 고장에서 '2023 전북 아시아태평양 마스터스 대회'가 열렸다. 여기에 철인3종 전용 훈련장이 있어서 해마다 대회가 열린다. 다른 지역 철인대회에 참가하려면 토요일에 출발하고 현지에서 하룻밤을 묵어야 하기에 시간과 비용이 많이 든다. 내가 속한 클럽 이름이 '익산철인클럽'이다. 난 실력이 시원찮지만 명실상부하게 익산을 대표하는 철인 마니아들의 모임이다. 우리는 해마다 단체로 출전할 클럽 지정 대회를 의논한다. 당연히 우리 지역에서 열리는 대회가 1순위다.

그때 철인3종과 듀애슬론(수영을 제외한 사이클과 마라톤 두 종목을 겨루는 대회) 종목에 참가했다. 로또 두 장을 산 셈이다. 먼저 철인3종을 치르고 한 주가 지난 뒤 듀애슬론 경기가 열렸다. 철인3종에는 60대 이상에 쟁쟁한 선수들이 참가했다. 사람 일이 어디 계산대로만 되던가. 최선을 다했지만, 중하위권에 머물렀다. 마흔다섯 개 번호 가운데 겨우 두세 개 맞힌 셈이다. 홈그라운드에서 체면을 구기지 않은 것으로 만족해야 했다. 문제는 그다음 주에 열린 듀애슬론이었다.

그대로 주저앉을 일이 아니었다. 여섯 개는 아니더라도 네댓 개는 맞혀야 하지 않겠는가. 난 규칙적으로 2주에 한 번씩 헌혈한다. 헌혈 2~3일을 남겨두고는 술을 멀리한다. 대신 헌혈을 마치고 대회가 없으면 며칠간 술 마실 핑계를 만든다. 누가 불러내지 않으면 내가 전화해서 자리를 마련한다. 이번에는 상황이 달랐다. 헌혈 일도 멀었지만 먼저 갖은 핑계로 약속을 미루었다. 절대 술을 입에 대지 않았다. 늦어도 10시 이전에는 잠자리에 들었다. 새벽마다 헬스장에서 한 시간 이상 흠뻑 땀을 쏟았다. 운동을 마치고 쏟아지는 땀을 바라보는 일은 내 삶의 '여전한 봄'

을 푸지게 즐기는 순간이다. 학교 다닐 때 실컷 놀다가 시험 날짜가 다가오면 초조하게 밤을 새웠던 기억이 있다. 그렇다고 성적이 쑥 올라가는 것은 아니지만, 아쉬움이나마 덜 수 있다. 또 쉬는 시간에 잽싸게 훑어본 참고서 문제가 시험지에 나오면 그 통쾌함은 이루 말할 수 없었다. 일주일 남겨두고 하는 벼락치기 훈련이 얼마나 큰 도움이 되겠냐마는 그만큼 내 마음과 내 몸에 공을 들였다. 나를 붙잡아 매는 의식인 셈이다.

듀애슬론 대회 당일에 자전거를 보관하는 바꿈터에 60대 이상 선수들 자전거가 드문드문했다. 두 종목만 참가하는 게 가성비가 떨어진다고 생각했는지 불참한 선수들이 많았다. 남이야 어떻든 나는 내 갈 길만 잘 가면 된다. 초여름 새벽은 날씨의 요정이 내 편인 듯했다. 비 예보 때문인지 태양을 가린 구름이 양산되어 거무튀튀하게 낡은 피부를 그나마 보호해 주었다. 그런 호사도 잠시. 출발 시간이 다가오자 내린다던 비 대신 햇볕이 물러실 기세가 아니다. 마치 숯 짐 지고 화로로 들어가는 기분이다. 물을 끼얹은 몸이 마르기도 전에 땀으로 젖었다.

이번 자전거 코스는 만만치 않다. 오르막이 많으면 내리막도 비례하는 법. 정신을 한군데로 모으고 평소 몸에 익힌 기술을 발휘한다. 내리막길을 달릴 때는 마치 동계 스포츠 스켈레톤 선수들이 하는 것처럼 상체를 핸들에 바짝 붙인다. 바람의 저항과 체력 소모를 줄이기 위해 최대한 몸을 유선형으로 만든다. 기록을 조금이라도 단축하고 싶은 욕심도 있지만, 꽁지를 보이면서 날렵하게 달아나는 선수들을 따라잡으려는 몸부림이다. 폭우 속에서 사이클 경기를 치른 기억이 여러 번이다. 땀과 비가 버무려지면 간이 적당하게 밴다. 달아오르는 체온을 식혀주니 운동하기에 십상이다. 단, 자전거가 속도를 주체하지 못하면 커다란 사고로 이어지니 이 또한 기술이다.

철인 운동을 시작하고 얼마 지나지 않아 경기도 가평 대회에 갔다. 수영을 마치고 자전거를 타는데, 예보에 없던 비가 쏟아졌다. 이미 대회가 시작되었기에 진행을 멈출 수도 없었다. 사이클 코스는 낙타 등처럼 경사가 심했고 급커브도 많았다. 맑은 날이야 그렇다고 해도 노면이 젖은 날은 최악이었다. 불상사를 예방하려면 선수들이 조심하는 게 최선이다. 한참 내리막길을 달릴 때였다. 자원봉사자가 붉은 기를 흔들었다. 앞에 커브가 있으니, 속도를 줄이라는 경고다. 짧은 순간이었다. 무슨 생각을 했는지 그냥 지나쳤고 저만치에 직각으로 굽은 길이 눈 안으로 들어왔다. 급하게 브레이크를 밟았지만 이미 늦었다.

로드 사이클은 타이어가 밋밋해서 빗길 제동에는 거의 도움이 되지 않는다. 눈을 뜬 채로 미끄러지면서 속수무책이었다. '아, 아, 이제 난 어떻게 되나?' 그 찰나 자전거가 화단 경계석을 들이받고 우리는 공중으로 날았다. 천우신조였다. 화단으로 떨어지면서 몸을 굴렸고 자전거는 나를 따라오지 못하고 멈췄다. 벌떡 일어났다. 아픈 곳도 없고 아무 생각이 없었다. 오로지 자전거만 이상 없으면 된다. 자전거로 달려갔다. 체인이 벗겨지고 핸들이 심하게 돌아갔다. 자전거에 탈이 나면 여기에서 경기를 접어야 한다. 눈앞이 깜깜했다. 언제 달려왔는지 자원봉사자가 안절부절못했다.

큰소리로 위험 신호를 보내지 않은 것에 화가 단단히 나서 앙칼지게 한마디 했다. "급커브 구간이면 큰소리로 경고해야지. 그저 깃발만 흔들면 어떻게 하는 거야." 그나저나 화풀이는 두 번째고 자전거가 문제였다. 일단 휘어진 핸들을 되돌려야 한다. 자원봉사자에게 몸체를 맡기고 단단히 붙잡으라고 했다. 그가 죄인처럼 아무 말 없이 시키는 대로 했다. 제발 핸들이 본래 자리로 돌아와야 한다. 그러는 사이 다른 선수들이 속도를 바짝 줄인 채 계속 지나간다. 마음이 급했다. 심호흡하고 힘을 썼다. 어떻게 된 일일까. 평소 착한 나를 하늘이 알고 도왔나. 거짓말처럼 핸들이 제 자리로 돌아왔다. 벗겨진 체인을 급하게 끼우고 나니 그제야 정강이에서 흐르는 피가 보였다. 브레이크나 타이어 공기압도 이상 없으니 얼마나 다행인가.

더 이상 자원봉사자와 옥신각신할 시간이 없었다. 어디에 부딪혔는지 정강이가 욱신거렸지만 여기서 멈출 수는 없다. 나는 달려야 한다. 이제 기록은 아무런 의미가 없다. 제발 자전거가 고장 없이 나를 데려다 달라고 기도하면서 페달을 밟았다. 그새 비는 그쳤다. 간절한 기도가 통했는지 탈 없이 자전거 경기를 마치고 의무실에서 응급조치하는데 담당자가 기권하라고 당부했다. 마라톤이 남았다. '이 정도로 기권할 일은 없다고, 난 철인이라고.' 한마디 하며 붕대를 감고 마라톤을 마쳤다. 결승선을 넘자마자 다리에 통증이 몰려왔다. 긴장이 풀리고 그나마 이 정도로 경기를 끝냈다는 안도감 때문이다. 지정 병원에서 네 바늘을 꿰맸지만, 더 큰 불상사가 생기지 않은 것이 얼마나 다행인가. 그날 나는 보상금 없는 로또를 맞았다.

사이클을 마치고 강의 등줄기를 따라 달리려 신발 끈을 조인다. 시간이 갈수록 몸 반응이 더디다. 허물어지려는 몸을 다그치며 걸음을 옮긴다. 머리에서 이마로 다시 뺨을 간지럽히며 흐르는 땀방울에 운동복이 후줄근하다. 어느 때부터인가 철인 운동하면서 힘에 부치면 머릿속으로 숫자를 센다. 수영할 때는 까마득한 부표를 향해 양팔을 백 번만 휘젓자며 리듬에 맞춰 '하나 두울 세앳 여얼 스물 배액'이라고 헤아린다. 그러다 보면 목적지가 다가오고 아니다 싶으면 다시 또 백을 세면서 고비를 넘긴다. 자전거를 탈 때도, 마지막 순서인 달리기를 하면서도 이렇게 호흡을 고르고 주문을 걸면 어느 순간 마음이 홀가분해진다.

이제 남은 것은 강둑을 따라 흐르는 시간의 벌판과 다투는 일이다. 흔들리는 몸과 마음을 다잡아 시간의 매듭을 풀어야 한다. 훈련이 부족하면 발바닥이 떨어지지 않는다. 앞 선수가 점점 시야에서 사라지고 대신 그가 버리고 간 길을 메꾸기라도 하듯 다지며 간다. 아무리 마음이 앞선다 해도 내 몸을 당해낼 도리가 없다. 2년 전, 코로나19가 지나고 서울 마라톤 대회 풀코스를 신청했다. 망설이다 지난번 하프 코스를 완주하면서 마음을 바꾸었다. 겨우내 더 움츠러들고 게을러지는 것을 경계해야 함이다. 시험 날짜는 받았으니 시험공부 열심히 할 일만 남았다. 이따금 주위에서 말한다. 환갑이 넘은 나이에 너무 무리하게 몸을 내돌린다고. 과유불급이라고. 그렇다. 넘치면 언제나 화를 부른다. 그때마다 할머니를 떠올린다. 오늘이 그랬다.

어릴 때 할머니는 저고리나 치마를 손수 지으셨다. 바늘로 일일이 꿰맸는데 '저걸 언제 다 만드나' 하며 지켜보다 스르르 잠이 들곤 했다. 다음날 할머니는 지은 옷을 숯불 담은 인두로 다리셨다. 한 땀 한 땀 바늘이 지나간 자국이 눌리면서 윤이 났다. 서두르지 않고 온갖 정성을 기울인 흔적이 담겨 있었다. 마라톤도 꾸준한 한 걸음이 쌓이면 완주라는 옷 한 벌을 얻는다. 좁은 병 주둥이에 물을 너무 급하게 부으면 흘러넘친다. 할머니가 바느질하시던 모습을 가슴에 새기며 한 땀 또 한 땀 거리를 늘리련다.

몸이 힘에 부치면 엉뚱한 생각이 든다. 갑자기 내 어깨에 날개가 돋는 기적이 일어나지나 않을까? 그러다가 피식 헛웃음을 날리며 고달픔을 운명으로 받아들이자고 나를 달랜다. 무사히 목적지에 도착하기 위해 내 몸을 태워서 달릴 수밖에 없다. 아나운서의 목소리가 점점 가까워진다. 걸음을 독촉할 일만 남았다. 지친 나를 쫓아내고 새로운 나를 그 자리에 앉힌다. 몸 저 깊숙이 숨어 있는 광맥의 줄기가 희미하게 보인다.

피니시라인이 직선거리 200여 미터 앞에서 나를 기다린다. 잠시 방심한 틈에 거친 호흡을 내뿜으며 나를 추월하려는 선수가 어깨를 나란히 했다. 흘끗 보니 나보단 꽤 젊은이다. 굳이 젊은 사람과 경쟁할 일이 아닌데 왠지 얼마 남지 않은 결승선을 내어주기 싫었다. '한번 달려볼까.' 속에서 승부욕이 발동했다. 넉넉잡아 1분만 버티면 된다. 쇳소리를 내며 속도를 높였다. 그의 숨소리가 어깨 너머로 희미하게 멀어졌다.

선수가 항상 경기를 뛸 수는 없다. 쉬는 동안 다가올 경기를 위해 몸 만드는데 게을러서는 안 된다. 생각을 더듬어보면 젖 먹을 때 기억은 아득하지만, 오늘 대회장에서 물었던 젖꼭지를 놓치면 죽는다는 마음으로 달렸다. 최선을 다했다고 내가 나에게 칭찬을 건넸다. 장비를 챙겨 대회장을 빠져나오는 순간 장내 아나운서가 연령별 입상자 이름을 불렀고 60대 초반 입상자에 내 이름이 불렸다. 분명 '60대 초반 금메달 송태규 선수'라고 또박 또박 호명했다. 듣고도 내 귀를 의심했다. 바로 본부석에서 확인하고 시상대에서 금메달을 목에 걸었다.

그 순간 어느 자리에선가 들었던 말이 생각났다. 미국 클린턴 대통령 부부가 차를 타고 가다가 주유소에 들렀다. 우연하게도 주유소 사장이 힐러리의 옛 남자 친구였다. 돌아오는 길에 클린턴이 물었다. "만일 당신이 저 남자와 결혼했으면 지금 주유소 사장 부인이 돼 있겠지?" 힐러리가 바로 되받았다. "아니! 저 남자가 미국 대통령이 되어 있을 거야!"

이 일화는 살면서 누구를 만나느냐에 따라 마치 로또 번호 6개가 일치하는 횡재를 할 수도 있다는 생각이 들게 한다. 힐러리를 만난 클린턴이 로또에 당첨된 걸까. 새벽마다 숨이 턱 밑까지 차오르게 달리는 일은 나에게, 내 몸에 집중하는 성스러운 일과이다. 나는 철인3종을 만나 여전히 진화하고 있으니 철인3종은 나에게 로또 이상의 가치를 선사한다.

철인3종은 강한 사람이 도전하는 운동이 아니다. 누구나 건강해지고 싶은 사람이 시작해서 가까스로 강해지는 운동이다. 그런 과정을 통해 꾸준히 자신을 갈고닦는다. 다른 모든 성취가 그렇듯 진짜 중요한 것은 자신을 이겨내는 과정이라는 말이다. 그러니 미리 거창한 것을 떠올리기 전에 과정을 즐기는 마음으로 다가서면 또 다른 쾌감으로 보답할 것이다.

열심히 흘린 땀방울 덕분에 알짜배기 번호 6개를 내 품에 안은 횡재라니. 클린턴이 부럽지 않았다. 인생 로또는 준비한 자에게 온다는 것을 다시 깨달았다. 그날 나는 앞으로도 내가 철인운동을 계속해야 할 이유를 찾았다.

2

학생은
헌혈 부적격입니다

중학교 1학년 겨울방학이었다. 그 무렵 사촌 누나가 강원도 삼척시 도계의 어느 시골 우체국에 다녔다. 누나 덕분에 차츰 도계라는 지명이 익숙했다. 촌놈이 먼 길 간다고 교복을 깔끔하게 차려입고 사촌 형과 함께 누나가 자취하는 집을 찾아갔다. 서울까지 기차로 이동한 뒤 버스를 몇 번이나 갈아탔는지 모른다. 근 50여 년이 지난 일이다.

비포장길을 얼마나 달렸을까. 역겨운 버스 기름 냄새 때문에 울렁거리고 식은땀이 흘렀다. 눈앞에 아지랑이가 피어오르는가 싶더니 속이 뒤집혔다. 버스를 세우지도 못한 채 어쩔 수 없이 쓰고 있던 모자를 벗어 토하고 말았다. 운전사 아저씨가 적선 베풀 듯 버스를 세웠고 밖에서 시린 바람을 쐬면서 가까스로 속을 진정시켰다. 그날 오물을 뒤집어쓴 모자는 버렸는지 정확한 기억이 없다. 세수할 때마다 코를 풀면 대야의 물이 시뻘겋게 변했다. 삐쩍 말라 허약했던 어릴 적 사진을 보면 언제 이만큼 컸는지 신기한 일이다.

고등학교 2학년 화창한 봄날, 학교에 헌혈 버스가 왔다. 헌혈하고 싶은 학생은 학급별로 헌혈 버스로 가라는 교내 방송이 나왔다. 곧 시작종이 울렸고 수학 시간이었다. 헌혈하러 가면 수업을 빠질 수 있는 걸 아는 친구들이 우르르 나갔다. 맨 앞자리에 앉은 나는 쭈뼛거리다 친구들 꽁무니를 따라 교실을 빠져나갔다. 간단한 검사를 마친 친구들이 헌혈 침대에 누웠다. 이미 끝낸 애들은 빵과 음료를 받아 들고 교실로 들어가고 내 차례가 왔다. 다른 친구들은 다 통과시키던 간호사가 한눈에 봐도 워낙 마른 나를 보더니 몸무게를 물었다. 우물쭈물하는데, 저울에 올라가라고 했다. 저울 눈금이 47에서 흔들렸다. 헌혈은 마음먹으면 다 하는 걸로 알았는데 남자는 50kg을 넘지 못하면 헌혈도 못 한다는 걸 그때 알았다. 고등학교 2학년 47kg 남학생인 나는 졸지에 헌혈 부적격자가 되었다.

헌혈도 안 하고, 아니 못 하고 헌혈을 끝낸 친구들과 양지바른 담벼락에서 노닥거리다 수업이 끝날 때쯤 슬그머니 교실로 들어왔다. 깐깐한 선생님은 그날따라 듬성듬성한 빈자리를 놓아두고 수업하시면서 별말씀이 없으셨다. 피 값으로 받은 친구들 빵을 얻어먹으면서 수업을 빼먹는 재미가 좋았다. 지금 생각하면 내 헌혈 역사는 잿빛으로 시작했다.

초등학교 다닐 때였다. 당시 이리역 광장 한쪽에 컨테이너 비슷한 조그만 건물이 있었고 그 앞을 지나는 남성의 팔을 간호사가 잡아끌었다. 주로 학생이나 젊은이가 대상이었다. 헌혈하고 가라고 거의 매달리다시피 했다. 그 무렵 피를 팔아 한 끼를 해결하는 어른도 있다는 말도 들었다. 그때도 수혈이 필요한 환자는 있었을 것이다. 지금처럼 헌혈 문화가 널리 퍼지지 않았으니 억지로 팔을 잡아끌거나 매혈을 통해서라도 부족한 혈액을 확보하는 수밖에 별도리가 없었을 터. 간호사에게 잡히면 마지못해 끌려가는 사람도 있었지만, 헌혈 바늘이 무서운 사람은 간호사에게 붙들리지 않으려고 멀찌감치 돌아가는 수고를 감수해야 했다. '저 사람은 고분고분 말 잘 듣겠는데.' '내가 어디 한두 번 당해보나.' 하며 서로 익숙한 장면이었다.

훗날 헌혈 홍보위원이 되어 방송에 나가거나 신문 칼럼 쓸 일이 생겼다. 자연히 헌혈에 관한 상식 정도는 알아야 했다. 우리나라는 1999년부터 혈액 매매를 금지하고 있다. 매혈을 장기 매매로 간주하기 때문이다. 혈액을 장기와 동일시한다는 것에 선뜻 고개를 끄덕일 수 없으나, 신체의 중요한 부분인 것만큼은 분명하다. 예로부터 신체를 소중하게 다루어야 한다는 가르침 탓인지 아직도 헌혈하는 문화가 널리 뿌리 내리지 않았다. 젊은 학생이나 군인의 헌혈로 그나마 부족한 혈액을 채우고 있다. 해마다 겨울방학 기간이 되면 어김없이 혈액 부족 사태를 겪고 있다. 설 연휴와 방학이 끼어 있는 탓이기도 하다. 국내에선 의약품 제조용 혈액만 수입할 수 있고, 수혈용 혈액 수입은 금지하고 있다.

고등학생이 되어서도 헌혈 부적격자인 나는 망설임 없이 그 곁을 지나다녔다. 어떤 날은 헌혈 할당량을 채워야 하는지 내가 표적이 되었다. 그럴 때마다 "저는 체중 미달이라 헌혈이 안 된답니다"라고 말하면 쓱 훑어보던 간호사가 고개를 끄덕이며 잡았던 팔을 놓아주었다. 난 우리 또래 평균 체격에도 한참 못 미치는 소위 '루저'였던 셈이다.

후에도 친구들은 학교에 헌혈 버스가 오면 으레 수업 빼먹고 간식도 받으니 좋아했지만, 나는 알량한 자격지심에 그 틈에 끼지 않았다. 대신 헌혈은 못 해도 친구들 덕분에 자율학습을 했으니 헌혈 덕을 본 셈이다. 고등학교에 다니면서 유쾌하지 않은 기억은 나를 헌혈에서 멀어지게 했고 그렇게 헌혈은 남의 일이 되었다.

졸업하고 딱 6개월 만에 잡은 내 첫 직장은 서울에 본사를 둔 중견 기업이었다. 졸업하기 전에 취업하고 회사에 하루 휴가를 내서 졸업장과 총장상을 받으러 가는 게 내 근사한 계획이었다. 그때 나는 총학생회 부회장을 맡아서 총장상 수상자 대표로 선정되었다. 1987년도 임기 중에 시위를 주동했던 꼬리표가 따라다녔다. 그 일이 꼬이면서 취업 문턱에서 거푸 미끄러지고 산통이 깨졌다. 축 늘어진 어깨를 하고 총장상을 받는 사진을 친구가 보내주었는데 앨범 어느 구석에 박혀 있는지 모르겠다. 그 후 절치부심한 끝에 가까스로 직장에 들어갔다.

아버지는 4남 1녀의 맏이인 나를 당신 곁에 두고 싶어 하셨다. 고만고만한 지방대 출신이 험한 서울 바닥에서 그것도 중견 기업에서 기를 펴지 못하고 다닐 게 뻔하니 어쩌면 당연할 터였다. 나는 교직이 싫다고 고집을 부리며 계속 줄다리기했다. 아버지가 원하시는 나와, 내가 그리는 나는 완전히 달랐고 아버지는 당신의 마음속에 담은 나에게 공을 들였다. 그럭저럭 잘 근무하는데, 고향에 있는 중학교에서 교사를 뽑는다는 소식을 듣고 몇 날 며칠 고민했다. 일단 응시한 뒤 적당히 하고 안 되면 아버지께서도 포기하시겠지. 직장에는 비밀로 하고 시험을 치렀는데 덜컥 합격 소식이 왔다. 사표를 내느냐, 마느냐. 놓자니 아깝고 들자니 무거운 갈림길에 섰다. 선배와 동기들에게 의견을 물으면 십중팔구는 무슨 소리 하냐며 더 이상 고민 말고 내려가라 했다. 결국 아버지의 말씀을 따라 미련을 버리지 못한 직장에 사표를 냈다.

사표를 내기 전 과장님께 우선 말씀이라도 드려야 했다. 과장님 곁에서 눈치를 살피고 머뭇거리다 말문을 열었다.

"과장님, 저 드릴 말씀이 있는데요."

내 표정이 심상치 않았는지 정색하고 나를 보았다.

"뭔데?"

내가 하늘 같은 과장님에게 드릴 게 무엇이 있겠는가. 떨어지지 않는 입을 벌려 겨우 "저 회사 그만두기로 했습니다."라는 말을 간신히 마치고 벌을 서듯 곁에서 눈치만 살폈다. 자초지종을 말씀드리자 "갓 신입의 티를 벗겨 놨더니 갑자기 그만두겠다고?" 과장님은 불같이 화를 내셨다. "신입사원 하나 뽑아 교육하는 데 들어간 비용이 얼마인지 알기나 해?" 붉으락푸르락하던 과장님은 회사도 커다란 손실이지만 부하 직원 하나 관리하지 못한 책임까지 생각하셨는지 송별회도 못 하게 하셨다. 사전에 한마디 상의도 없었던 나는 결국 괘씸죄에 배신자 낙인이 찍혔다. 부서는 물론 입사 동기들과 변변한 작별 인사도 못 하고 쫓겨나듯 학교로 내려왔다. 퇴사 후 얼마간은 동기들과 연락을 주고받았는데 몇 년 지나 그 회사는 무리한 투자로 문을 닫았다. 동료들은 졸지에 직장을 잃고 그때 그만두기 잘했다며 선생이 된 나를 부러워했다. 이따금 당시 아버지의 말씀을 따르지 않았더라면 지금 무슨 일을 하고 있을지 궁금해지기도 한다. 모르긴 몰라도 밥 벌어먹기 더 힘든 일을 하지 않았을까 싶다. 뭐 하나 똑바르게 잘하는 일 없는 반편이라서 하는 말이다.

돌이켜보면 선생님 되는 게 내 어릴 적 꿈이었다. 비 사범계 학과에서 교직과목을 이수하고 교생실습까지 마친 이유도 거기에 있었다. 그런 꿈을 버리고 잠시나마 샛길로 빠졌으니, 당시 부회장이 무슨 벼슬이라고 선생이 하찮게 보이고 간이 부었다. 졸업을 앞두고는 전혀 다른 길로 선생님이 될 순간이 있었지만, 서울에서 번듯한 직장에 다니고 싶다는 마음에 그 그릇을 발로 찼다. 신입사원 교육을 마친 뒤 기획부에 발령받아 잘 다녔으니 짧은 순간이나마 꿈을 이룬 셈이다. 결국 돌고 돌아 선생이 되었고 내 서울 생활 팔자는 거기까지였나보다.

1990년대의 학교 분위기는 지금처럼 각박하지 않았다. 비단 학교뿐 아니라 사회가 전반적으로 정이 있었다. 학생을 가르치는 일은 참 새비있었나. 학생이나 학부모님들도 선생님 말씀 한 마디면 토 다는 일이 없었으니 그야말로 선생 할 만했다. 당시 근무했던 중학교는 내가 졸업한 고등학교와 한 울타리 안에 있었다. 이따금 고등학교 운동장 저편에 있는 헌혈 버스를 보았지만 나와는 전혀 관련이 없는 일이었다. 버스를 보면 고등학교 시절 흑역사가 떠올라서 헌혈할 생각이 달아났다.

누군가 그랬다. 교직 가운데 가장 보람된 일은 모교에서 후배들을 가르치는 것이라고. 마침, 고등학교와 인사 교류가 있어 학교를 옮겼다. 1년이 지나고 화창한 봄날인 2001년 5월 16일을 또렷이 기억한다. 그날 학교에 헌혈 버스가 왔고 무슨 생각이 들었는지 발걸음이 그리로 향했다. 이제 또래 평균 체격이라고 우길 만큼 됐으니 체중 걱정은 하지 않아도 되었다. 속으로 중얼거렸다. '난 고2 때 송태규가 아니고 더 이상 루저도 아니다.' 단, 나이 40이 넘어 처음 시도하는 헌혈이라 은근히 겁도 났지만, 학생들 앞에서 헌혈도 하는 당당한 선배가 되고 싶었다. 헌혈을 하기 전 간호사님이 왼쪽 손가락을 내밀라고 했다. 앞에서 학생들이 하는 걸 본대로 손가락을 내밀었다. "따끔합니다"라는 소리와 동시에 손가락 끝에 말간 피 한 방울이 맺혔다.

학생들은 헌혈하는 선생님 처음 본다는 듯 슬금슬금 곁을 기웃거렸다. 간호사님이 알코올 솜으로 팔을 문지르는 순간 간지러우면서도 은근히 겁이 나서 몸이 움츠러들었다. 참 묘한 흥분이었다. 이어서 "심호흡하세요, 따끔합니다."라는 말이 떨어지기가 무섭게 나는 말 잘 듣는 어린이처럼 다소곳했다. 헌혈 바늘은 생각보다 굵었다. 그날, 바늘이 내 몸을 파고드는 걸 바라볼 용기가 없었다. 애써 시선을 허공에 꽂자 예리한 바늘이 쓱 살갗을 뚫을 때 작은 신음을 따라 몸이 움칠했다. 손바닥을 쥐었다 펼 때마다 방금까지 내 몸의 일부였던 검붉은 피가 튜브로 흘러들었고 곧 팽팽하게 가득 찼다. 바늘을 뽑는 데는 채 5분도 걸리지 않았다. 바늘을 뽑으러 온 간호사에게 "생각보다 아프지도 않고 빨리 끝나네요." 하며 너스레를 떨었다. "선생님, 오늘이 처음이시랬죠? 다음에도 꼭 참여해주세요." "네, 그러겠습니다."

이제 스물도 안 된 용감한 청춘들 틈에서 40대 청년이 지혈대를 감고 멀뚱멀뚱 누워서 다짐했다. '헌혈이 생각보다 간단하구나. 앞으로 학교에서 헌혈하는 날은 빠지지 않아야지.' 그 짧은 순간이 지나자, 내 손에 비스킷과 음료수 그리고 생애 첫 헌혈증이 들려 있었다. 음료수를 마시고 비스킷은 교무실까지 들고 가기가 민망했다. 고등학생 때 피 판 친구들에게 얻어먹던 빵이 생각났다. 그 빚을 갚는다는 마음으로 곁에 있던 학생에게 주었다. 지갑에 고이 넣어둔 제1호 헌혈증은 지금도 내 서랍을 지키고 있다. 대단할 일도 없는 내 헌혈 첫 경험은 그렇게 싱겁게 끝났고 5월도 갔다.

헌혈이 취미가 되다

　군인과 대학생인 친구가 길을 가고 있었다. 이 모습을 보고 누군가 말하기를 사람 한 명과 군인 한 명이 걸어간다고 했다나. 고등학교의 일과는 중학교와 사뭇 다르다. 특히 인문계 고등학생은 새벽별 보기로 그날을 열고, 한밤중 달빛을 앞세우고 집에 들어가며 하루를 닫는다. 그러니 군인은 그냥 군인일 뿐이듯, 인문계 고등학생도 잠시 사람이기를 미루고 단지 사람 모양을 한 공부하는 기계 정도로 여겼다.

　수험생 자식을 둔 가정은 모든 일과가 그를 중심축으로 돌아간다. 심지어 어떤 며느리는 시아버지가 돌아가셨는데 아들은 공부해야 한다며 발인하는 날 겨우 고개를 내밀게 한 경우도 보았다. 그렇게까지 자식을 쥐어짜서 자기가 가지 못했던 길을 대신 가달라는 마음을 지금도 받아들이기 쉽지 않다. 한 울타리 안에 있는 선생도 학생과 크게 다를 바 없는 공동운명체다. 특히 담임 선생님은 학생들보다 더 일찍 출근해서 일과를 시작해야 하니 새벽밥 욱여넣고 집을 나서야 한다. 그 역시 그냥 인문세 고등학교 선생님일 뿐이다.

그 무렵 나는 담임에다 학생부 업무를 맡고 있었다. 학생부 선생님이 무슨 일을 하는지, 어떤 존재인지는 대한민국 학생이라면 다 아는 공공연한 비밀이었다. 요즘은 학년 말 업무 분장에서 기피 대상 1호가 학생부장이고 2호가 학생부 선생님이다. 교문에 버티고 서서 파김치가 되어 등교하는 학생들을 매의 눈으로 감시해야 한다. 교복을 제대로 입었는지, 운동화 대신 슬리퍼를 신고 오지는 않는지, 규정보다 머리카락이 길거나 염색했는지 쭈욱 스캔하면 한눈에 들어온다.

누군가는 악역을 맡아야 하는데 그건 내 담당이었다. 학생 대부분이 아침도 거르고 스쿨버스에서 졸다가 후줄근한 모습으로 흐느적거리며 들어온다. 녀석들을 단속하는 건 보통 고역이 아니었다. 그런 일을 계속 맡다 보니 교칙을 위반하지 않은 학생도 슬금슬금 나를 피하기 시작했다. 그때 난 이미 기피 대상이었다. 가뜩이나 지쳐 있는 애들을 새벽 댓바람부터 도끼눈으로 감시하는 게 영 마음에 걸렸다. 이대로는 안 되겠다 싶어 하루는 학생부장님께 다른 방식으로 지도하는 것이 어떻겠냐고 건의했다.

마라톤은 힘든 운동이다. 결승선에 가까워질수록 체력은 급속히 떨어진다. 몸이 힘들어지면 자세가 틀어지고 나도 모르게 얼굴을 찌푸리게 된다. 이럴 때를 대비해서 아예 음악을 들으면서 달리는 사람이 늘었다. 또한 길거리에서 크게 들려주는 음악은 선수들의 피로도를 낮추는 효과가 있다. 응원단의 박수와 환호 소리 또한 지친 마라토너에게 커다란 힘이 된다. 등교 지도를 하던 무렵 마라톤 대회에 나가면서 이걸 우리 학생들에게 적용하면 아침 발걸음이 좀 더 가벼워지겠다고 생각했다.

뜨악한 눈빛으로 나를 바라보던 부장님이 물었다.

"송 선생, 뭐 더 좋은 방법이라도 있나?"

"제 생각에는 '단속'보다 '맞이'를 하면 좋겠습니다."

"그게 무슨 말이야?"

곁에 있던 학생부 선생님들 눈과 귀가 내 입을 향했다.

"제 경험인데, 마라톤 대회에 나가면 음악 소리가 힘을 나게 해줍니다. 우리 애들이 힘들어하는데 등교 시간에 경쾌한 음악을 틀어놓고 학생들과 하이 파이브를 하면 어떨까요?" 하며 모아두었던 생각을 주저리주저리 이야기했다. 그러다 면학 분위기가 흐트러지면 어쩌냐고 반신반의했다. 나도 결과는 장담할 수 없었지만, 꼭 한번 시도해보고 싶었다. 갑론을박이 이어지고 내 고집에 학생부장님이 내가 생각한 대로 진행해 보라고 결정권을 주었다. 대신 잘못되면 책임도 져야 한다는 단서를 붙였다. 그 책임이 어떤 것이며 어디까지인지 알 수도 없지만 일단 변화가 필요했다. 내가 책임신나고 해서 책임질 도리도 없지만 한번 방식을 바꿔보자는 생각에 직진을 고수했다.

1차 관문인 부장님은 통과했으니 교장 선생님 허락을 받아내야 하는 과제가 남았다. 부장님을 앞세우고 교장실로 갔다. 학생부실에서 했던 이야기 뒤에 학생부 선생님들 간에 충분히 검토한 의견이라고 살을 붙여 말씀드렸다. 미심쩍어하는 교장 선생님이 직원회의에서 발표하라며 마지못해 고개를 끄덕였고 회의 시간에 몇몇 선생님은 학교 말아먹을 일 있냐는 듯 나를 바라보았다. 괜히 긁어 부스럼 내는 일인가 하며 잠시 후회했지만 싸움은 말릴수록 더하는 법이다. 선생님들의 걱정이 고정관념이라고 깨우쳐주고 싶었다. 한번 등교 분위기를 바꾸어 보자.

일단 신나는 음악을 고르는 일이 우선이었다. 학생회 임원들을 불러 희망곡을 받고 CD에 저장하는 일을 마쳤다. 다음날 더 일찍 출근해 교문 앞에서 커다랗게 음악을 틀었다. 예상한 대로 난데없는 음악 소리에 학생들이 '이게 무슨 일이지' 하는 표정이었다. 첫술에 배부를 수 없다. 선생님들에게는 못 볼 꼴을 보고도 참아 줄 끈기가 필요했고 학생들은 이런 분위기에 적응할 시간이 필요했다. 하루가 이틀이 되고 이틀이 일주일을 넘기면서 조금씩 분위기가 달라졌다. 서서히 나와 손을 마주치는 학생들이 늘었다. 이따금 학생을 껴안아 주기도 했는데 입에서 담배 냄새를 풍기는 녀석들도 있었다. 속에서 '욱' 하는 마음이 올라오는데 이 또한 모른 척 눈감아 주는 게 내 할 일이었다.

톱니바퀴가 맞물려가듯 여름방학이 지나고 10월에 헌혈 버스가 찾아왔다. 약속을 지켜야 한다는 지난 학기의 기억을 떠올리며 별 망설임 없이 버스에 올랐다. 그날은 헌혈하는 학생들 머리를 쓰다듬어 주거나 어깨를 만져주었다. 게다가 멋지다고 칭찬을 얹어주는 나를 대부분 학생이 스스럼없이 받아들였다. 나와 학생들 관계가 훨씬 부드러워졌으니 일단 내 작전은 성공했다고 스스로 만족했다.

당시에는 내가 헌혈의 집까지 찾아가서 헌혈하리라고는 상상도 못 했다. 그저 1년에 두세 차례 학교에 찾아오는 날만 헌혈하는 자칭 모범 시민이었다. 그렇게 7, 8년이 지난 어느 날이었다. 그럭저럭 얼굴이 익숙해진 간호사님과 헌혈 이야기를 나누는데 우리나라 혈액 자체 수급이 부족해 상당 부분을 수입에 의존하고 있다는 말을 들었다. 그날 두 달에 한 번 가능한 전혈과 2주 만에 할 수 있는 혈장, 혈소판 헌혈이 있다는 것도 처음 알았다. 헌혈이 어쩌다 내 '인생의 취미'가 되었을까?

내 취미는
헌혈과 철인3종

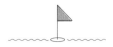

이따금 강의하거나 글을 써야 하는 기회가 생긴다. 어떤 줄거리로 마이크와 펜을 잡을까 고민하지만 그나마 내세울 것이라고는 딱 두 가지, 헌혈과 철인3종밖에 없다. 처음에 강의 자료를 준비하면서 내 헌혈 기록을 정리했다. 뒤적여 보니 2008년부터는 해마다 최소 20회 이상 헌혈의 집에 갔다. 어차피 헌혈할 바에는 상당량을 수입에 의존한다는 혈장 성분 헌혈로 방향을 잡고 본격적으로 2주마다 소매를 걷던 때였다. 헌혈이 취미가 된 셈이다. 지금도 그렇지만 그 무렵 헌혈을 마치면 영화표나 문화상품권 또는 일정액을 기부할 수 있었다. 기부하면 그 액수에 따라 연말 정산할 때 세금 공제 혜택을 받는다.

격주로 헌혈하자고 작정한 이상 얼마나 세제 혜택을 받는지 따져볼 필요도 없이 기부를 선택했다. 12월에 연말 정산 시기가 다가오면 각종 기부 영수증을 정리하느라 바쁘다. 우편으로 온 것은 서랍에 보관하고 또 어떤 것은 홈페이지를 찾아서 출력하기도 한다. 당시 헌혈을 마친 1회 기부 액수는 2,500원이었던가. 20번을 합해야 기껏 5만 원을 넘기지 못한다. 피 값치고는 너무 헐하다고 생각했지만, 그 액수는 다른 기부 금액보다 훨씬 무겁고 소중하게 다가왔다. 그러면서 내게 헌혈은 소금과 같다고 생각했다. 소량의 소금은 커다란 가치도 없고 짜지만, 음식에 녹아들면 감칠맛을 낸다. 내 몸 안의 여유 있는 혈액이 꼭 필요한 사람에게 스며들면 새로운 삶의 맛을 선사하는 일이다.

언제부터인지 헌혈하면서 중간에 사진을 찍었다. 지혈할 때 휴대전화 가족 단체 대화방에 헌혈 인증 사진을 올리기 시작했다. 가족들은 2주마다 헌혈하는 내 사진을 본다. 당시 고3인 아들에게도 헌혈을 권했다. 혼자나 할 것이지 수험생에게 헌혈하라는 나에게 극성을 떤다고 곁에 있던 아내가 핀잔했다. 학교 다닐 때 헌혈 부적격자였던 내게 이런 헌혈 세포가 살고 있을 줄이야. 한때는 해외여행도 포기하면서 헌혈에 진심인 내가 아내 눈에는 지나친 비정상으로 보였던 셈이다. 내 아내가 '시부모 돌아가셔도 겨우 발인 날 데리고 가는 알량한 수험생을 둔 그런 며느리'였나. 아내 설득이 우선이었다. "내 참, 여보! 지금까지 헌혈하고 있지만 내 건강에는 아무런 지장이 없잖아. 2주마다 헌혈하면서 철인 대회도 무사히 완주하잖아. 해로운 일을 자식에게 시키는 부모가 어디 있겠는가." 아내는 여전히 완강하게 말리고 나는 아내 모르게 아들을 데리고 헌혈의 집으로 향했다.

헌혈을 마치면 주사 자국 위에 큼지막한 지혈용 밴드를 붙여준다. 한참 헌혈에 물이 올랐을 때 여름 반 팔을 입고 부모님 댁에 가면 어머니에게 들키고 여지없이 한 말씀 하신다.

"또 헌혈했구만. 이제 나이도 있는데 그만 좀 해."

곁에서 아내가 거든다.

"어머니가 단단히 좀 하셔요. 혼자도 모자라서 이제는 아들까지 데리고 다녀요."

자식 이길 수 없다는 걸 아시면서도 어머니에게는 마음이 쓰였나 보다. 아비는 아들에게 헌혈을 권하고 어미는 말렸으니, 아내나 어머니나 자식 사랑하는 마음이라고 생각하면 마음이 편했다.

헌혈이 주는 선물

결국 아들도 나를 따라서 헌혈의 집에 드나들자 세 살 터울인 딸은 수월하게 헌혈을 시작했다. 이 녀석은 어릴 때 예방 접종하면서 주사를 맞아도 울지 않았던 희귀종이었다. 간호학과에 진학해서는 봉사 동아리 활동하며 친구들을 헌혈의 집으로 안내하기도 했다. 나름대로 헌혈에 진심인 예비 간호사였던 셈이다. 가족 넷 가운데 셋이 헌혈의 집에 들락거리자, 아내도 흔들리기 시작했다. 넷이 함께 가는 날이면 아내도 큰마음 먹고 서너 차례 시도했지만, 번번이 불합격이었다. 먼저 혈압을 잴 때까지는 문제가 없다. 이어서 빈혈 여부를 확인하기 위해 손가락 끝을 침으로 찌른다. 선홍빛 피 한 방울로 헤모글로빈 수치를 잰다. 그때마다 혈색소 수치가 낮아서 아내에게 헌혈이라는 문턱은 너무 높았다. 철분 보충하려면 멸치를 많이 먹어야 한다고 놀려댔고 아내는 철분제 하나 사주지도 않는다고 눈을 흘겼다. 그런 아내도 어느 순간 우리가 헌혈하는 것에 더 이상 왈가왈부하지 않았다.

이따금 내게 헌혈증이 필요하다고 다급하게 연락하는 지인들이 있다. 헌혈증을 전달하면서 말을 건넨다. 혹시 헌혈해 본 적 있느냐고. 무심코 "헌혈할 생각 있나요?" "왜 헌혈하지 않나요?" 그러고 나서 너무 잔인한 질문을 한 것 같아 바로 후회한다. 주사, 침, 약물 복용, 해외여행 등 헌혈하지 않을 혹은 하지 못할 이유는 차고 넘친다. 하지만 헌혈해야 할 이유를 단 한 가지라도 찾을 수 있고, 헌혈이 가능하다면 큰 복을 받은 것이다. 난 정기적으로 소매를 걷지 않으면 게으름을 부리는 것 같고 뭔가 죄짓는 것 같은 기분이 든다. 헌혈을 취미 삼은 직업병 때문이다. 헌혈하고 나서 나누는 기쁨 덕에 더 행복해지는 법을 알았다.

성분 헌혈을 하려면 지혈까지 대략 1시간이 소요된다. 바늘을 꽂고 우두커니 TV 화면을 보다가 어느 날 문득 '2주에 한 번씩 오는 이 시간이 참 무료하다. 어떻게 활용하면 좋을까?' 하고 생각했다. 그냥 허비하기에는 아까운 시간이다. 옆자리에 누운 사람들은 한결같이 스마트폰에 빠져 있었다. 궁리 끝에 그다음부터 시집과 볼펜을 챙겼다. 헌혈하는 시간에는 바늘 꽂은 팔을 특히 조심해야 한다. 뾰족한 바늘이 행여 혈관 벽을 찌르는 불상사가 생기면 큰일이다. 한 손으로 다루기 쉬운 얇은 시집이 제격이다. 한쪽 손으로 시집을 넘기면서 작품을 꼭꼭 씹는다. 떠올랐던 생각을 지혈하는 시간에 시집 여백에 적는다. 그런 과정을 통해 헌혈을 줄거리로 쓴 시와 수필이 상당하다. 헌혈이 내 글 소재가 되고 생각이 깊어진다고 마음을 바꾸니 그 시간이 참 소중하다.

어딜 가나 내 품엔 볼펜과 수첩이 있다. 그 수첩 안에 격주로 붉은 동그라미를 친 헌혈 날짜가 있다. 헌혈 예정일에 멀리 출장을 갈 때는 미리 현지 헌혈의집을 검색한다. 최대한 시간을 확보하여 목적을 달성한다. 그만큼 부지런해야 한다. 이래저래 헌혈은 내게 건강이라는 선물을 준다. 싱싱한 혈액을 건네기 위해 헌혈 이틀 전부터는 술자리를 삼간다. 부득이 모임에 가도 '잔만 들었다 놓았다'를 반복한다. 일행은 내게 역도 선수냐고 눈치를 주기도 하는데 내 다짐을 무너뜨리지 않고 집에 돌아오는 내가 드디어 사람 되어가는 것 같아 대견하기도 하다. 헌혈이 내게 건네는 소박한 선물이다.

방전된 몸

2008년 9월에 태안에서 열린 그레이트맨 철인3종 킹코스 대회에 다녀왔을 때였다. 당시 매월 혹은 2주에 한 번 꼴로 철인 대회에 나갔는데 대회가 일요일에 열리고 토요일에 현장에 도착해야 한다. 도착하자마자 등록을 마치면 자전거 검차를 한다. 대회장에서 자전거 속도는 평균 30km를 넘나들며 내리막에서는 60km에 육박한다. 만에 하나 부품에 이상이 있으면 치명적인 사고로 이어지기 때문에 여간 주의를 기울이는 게 아니다. 혹시 헐거워진 부분이나 브레이크 작동과 헬멧에 금 간 곳은 없는지 주최 측에서 매의 눈으로 꼼꼼하게 점검한다.

일요일 대회 참가 때문에 내 헌혈 패턴은 격주 목요일이었다. 오전에 헌혈을 마치고 2~3일 정도 지나면 대회를 완주하는 데 아무런 이상이 없었다. 주변 의사들은 그렇게 헌혈하고 대회에 나간다는 게 무리 아니냐며 적당히 하라고 말리기도 한다. 의사의 권고는 내게 실천 불가능한 일이 되고 속으로 내 몸은 내가 더 잘 안다고 큰소리치기도 한다. 헌혈과 철인3종을 시작한 지

20년이 넘었고 지금까지 둘은 양쪽에서 내 손을 붙들고 떨어지지 않는 동반자가 되었다. 세월을 속일 수 없어서 기록은 조금씩 하강세를 보이지만 그게 헌혈 탓은 아니다. 나이를 핑계 댄 훈련 부족 탓이다.

헌혈은 좋다. 참 좋다. 건강한 사람은 누구에게나 좋다. 좋다는 말을 몇 번이나 더할 수도 있다. 헌혈하면 마음이 편하다. 내게 헌혈이란 단순히 피만 뽑는 게 아니고 꾸준함을 통해 더 많은 것을 깨닫게 해준다. 몸에 밴 이런 습관은 내가 통제할 수 있는 것과 그렇지 않은 것을 구분할 수 있는 힘을 선물한다. 헌혈과 철인3종은 전혀 상관없어 보이지만 내겐 의외로 연관성이 많으니 말이다. 까다로운 헌혈 요건을 충족하기 위해서는 건강을 지키는 게 필수다. 운동으로 다진 건강을 나눌 수 있으니 이 둘은 뗄 수 없는 보완관계를 이루고 하나가 빠지면 섭섭할 일이다.

태안 대회에 나갈 무렵에는 어쩌다 보니 월요일로 헌혈 날짜가 바뀌었다. 대개 일요일에 올림픽 코스를 완주하면 다음 날 헌혈하는 데 아무런 지장이 없었다. 일요일에 태안에서 226km인 킹코스를 완주하고 월요일 오후에 별생각 없이 헌혈의집에 갔다. 전날 온종일 땡볕에 기진맥진했으니, 얼굴이 시커멓게 반쪽이 되었다. 헌혈의집에 들어가자 안면이 있는 간호사님이 말했다. "선생님, 얼굴이 말이 아니에요. 어디 다녀오셨어요?" 이럴 땐 사실대로 말해야 한다. 어제 아침 7시부터 밤 10시까지 태안

바닷가를 휩쓸고 다녔다고. 내 말을 들은 간호사님이 놀라면서 고개를 갸우뚱했다. "그 정도 운동했으면 오늘 아마 헌혈 부적격일 것 같아요." 어느 정도 예상은 했지만 일단 검사라도 해보자고 손가락을 내밀었다. 역시 혈색소가 부족해서 일주일 뒤로 미루었다.

차라리 다행이라고 나를 달랬다. 앞으로 하루 이틀 헌혈할 일이 아니다. 그사이 방전된 체력을 회복하고 더 먼 곳을 내다보는 현명함이 필요했다. 난 여전히 목표인 '헌혈 500회'를 이루기 위한 발걸음을 순조롭게 내딛고 있다.

헌혈 명문가,
이웃사랑의 또 다른 이름

우리나라의 헌혈 수급은 만성적으로 부족 상황을 벗어나지 못하고 허덕인다. 의료용 혈액은 상당 부분을 수입에 의존하는 게 현실이다. 갈수록 인구가 고령화하면서 수술용 혈액 수급을 위해 자발적인 헌혈에 매달리고 있다. 헌혈을 책임지는 혈액관리본부에서는 헌혈 인구를 늘리기 위해 갖은 아이디어를 내고 헌혈자에게 자그마한 선물을 전달한다. 혈액이 부족할 경우 특별 이벤트를 통해 혈액 확보에 전력을 기울인다. 또한 각 지방자치단체와 협약을 통해 재원을 마련하고 헌혈자에게 혜택을 주는 정책을 펴기도 한다.

헌혈자 대부분은 '내 피가 소중하게 쓰였으면 좋겠습니다' 하는 마음일 뿐 대가를 바라지 않는다. 다른 사람 눈을 의식하지 않고 본인의 마음을 바라본다. 나도 스스로 한 약속을 지키거나 누군가를 돕겠다는 순수한 생각으로 소매를 걷는다. 하지만 마음을 내지 못하는 헌혈 인구를 늘리기 위해서 어느 정도 '당근'이 필요하다고 생각한다. 마침 기회가 왔다. 2021년 10월 어느 날 대한적십자사 혈액관리본부에서 전화가 왔다. 보건복지부에서 주관하는 전국다회헌혈자 간담회에 초대한다는 말이었다. 10여 명이 모이는데, 헌혈에 관한 참석자들의 다양한 의견을 듣고 싶다길래 바로 수락했다.

언젠가 〈나라 사랑의 또 다른 이름 '병역명문가'〉라는 신문 기사를 읽었다. 어느 지역 지방병무청장이 쓴 글이었다. "병역명문가란 3대 가족 모두가 현역 복무를 성실히 마친 가문을 말한다. (중략) 병무청에서는 2004년부터 해마다 성실히 병역을 이행한 사람들이 사회로부터 존경받는 분위기를 조성하기 위해 병역명문가를 선정하고 있다. (중략) 국가를 위해 희생하고 헌신한 '병역명문가' 모든 분에게 존경과 감사를 드리며, 이분들의 나라 사랑하는 마음과 고귀한 희생에 보답하는 길은 이들의 희생정신을 잊지 않고, 사회적으로 존경받고 우대받을 수 있도록 끊임없이 노력하는 일일 것이다."

헌혈하면서 드는 생각을 이따금 글로 남기곤 한다. 그 기사 제

목에 빗대어 〈이웃사랑의 또 다른 이름 '헌혈명문가'〉를 붙여 보았다. 서너 번 되뇌어 봐도 혀 놀림이 그리 어색하지 않다. 지금까지 헌혈명문가라는 말을 들어본 기억이 없다. 물론 병역명문가처럼 대를 이어서 다회 헌혈하는 집안이 드물거나 없을 수도 있기 때문일 것이다. 한국 사회에서 병역은 신성한 의무사항이다. 이를 이행하지 않으면 법적 조치를 당하지만, 헌혈하지 않는다고 불이익을 받지는 않는다. 더구나 헌혈은 강요로 이루어질 수도 없다. 다만 건강한 사람이 자발적으로 참여하기를 권할 뿐이다. 수혈이 필요한 사람에게 헌혈은 절대적이다. 내 부모, 가족이 사선을 넘나드는 상황에서 혈액 부족으로 당장 수술을 할수 없다고 생각해보자. 환자나 가족에게 이보다 더한 절망이 어디 있겠는가.

혼자 걷는 열 걸음보다 열 명이 한 걸음씩 보태는 게 더 가치가 있다는 말을 떠올렸다. 여비나 출장비도 없는 회의 참석이었지만 헌혈 증진에 한 몫이라도 할 수 있다면 마다하지 않겠다는 마음으로 서울행 고속열차를 탔다. 간담회장에는 혈액 전문가와 헌혈을 수백 번 넘게 한 고수들이 전국에서 모였다. 전문가답게 당국의 헌혈 정책에 대한 쓴소리도 마다하지 않았다. 내 차례가 왔고 기차 안에서 다듬었던 헌혈명문가 제도를 제안했다. "어린이는 지난날의 나, 노인은 다가올 나, 환자, 이재민은 그럴 수도 있는 나입니다. 헌혈은 그럴 수도 있는 나를 위한 생명 나눔입니다. 나 혼자보다 가족과 이웃이 함께 소매 한번 걷어보시면 마음이 훈훈해질 겁니다." 제도화하기 위해 내 의견이 필요하다면 언제든지 연락 달라는 말을 덧붙였다. 혈액관리본부에서 검토해보겠다고 말은 했지만 여태까지 가타부타 메아리가 들리지 않는다.

이따금 헌혈증이 필요한데 구할 수 있는지 다급한 요청을 받기도 한다. 차곡차곡 모아둔 헌혈증을 건네면서 묻는다. 헌혈해본 적은 있는지. 내 몸에서 나온 혈액을 나와 내 가족이 필요로 할 수도 있다. 헌혈은 나를, 내 가족을 살리는 귀한 일이다. 부부가, 부모와 자녀가, 연인이나 형제가 나란히 헌혈대에 누워 있는 모습을 상상해보라. 얼마나 아름다운가. 가족의 건강을 이웃에게 준다는 것이 얼마나 커다란 선물인가.

나는 아무것도 가진 재주가 없기에 뭔가 다른 데로 눈을 돌릴수밖에 없었다. 이따금 내가 어떤 일에 얼마나 간절했는지 돌아본다. 운동회 때마다 연필 한 자루 받아본 적이 없는 약해 빠진 체력을 기르기 위해 철인3종을 시작했다. 지금까지 150여 차례 대회에 나가면서 느슨해지려는 끈을 조였고, 현재진행형이다. 우연히 시작한 헌혈이 취미가 되어 해마다 20회 이상 팔을 내밀고 있다. 서서히 내 삶의 한 부분이 되었고 400회가 머지않다. 아들딸에 며느리도 함께하며 직계 가족 합이 700회를 진즉 넘겼으니 감사한 일이다. 자식들에게 물려준 게 하나라도 있어서 참 다행이다. 혹시 누군가가 묻는다면 이렇게 대답하련다. "우리 가족에게 헌혈이란? 중독성이 무척이나 강한 '기쁨' 자체다."라고.

2016년 8월, 우리 지역에서 헌혈에 진심인 몇몇이 모여 헌혈봉사단을 만들면 어떻겠냐고 말이 나왔다. 어찌하다 단장을 맡았고 여기저기 도움을 받아 창단식을 마쳤다. '익산사랑헌혈봉사단'을 발족한 뒤 모임 하는 자리였다. 나보다 100회, 200회 이상 차이 나는 고수들과 그나마 내 헌혈 횟수를 부러워하는 회원들이 섞였다. 누군가가 말했다. "나는 평생 한다고 해도 형님을 따라갈 수 없네요." 내가 맞받으며 한마디 했다. "철인 운동은 열심히 훈련하면 기록을 단축할 수도 있지만, 헌혈은 아무리 마음이 급해도 상대를 따라잡을 수 없어. 오로지 건강 관리와 성실함이 재산이라네." 나도 이따금 400회, 500회가 넘는 다회헌혈자들을 만나면 대단하다는 생각 끝에 부러운 마음이 든다. 결국 꾸준함이다. '내가 조금이라도 일찍 헌혈에 눈을 떴더라면' 하며 아쉽기도 하지만 지금 이만한 게 얼마나 감사할 일인가.

그나저나 헌혈명문가를 선정한다면 가족의 범위는 어디까지 해야 할까, 헌혈 횟수는 몇 번 이상으로 해야 할까. 헌혈을 마치고 혼자 해본 생각이다. 이렇게라도 해서 헌혈하는 일이 더 많아지면 좋지 않을까 하는 엉뚱한 상상이었다.

언젠가 혈액원 팀장이 전화했다. 헌혈하면서 가까워지고 이따금 안부를 묻고 지내는 사이가 됐다. 잘 지내시냐는 인사가 끝나자 잠시 망설이더니 본론을 꺼냈다. "교장 선생님, 큰일 났습니다. 다음 주 헌혈하기로 한 학교에 독감 환자가 다수 발생해 헌혈에 차질이 생겼네요. 비축분 혈액은 부족하고 갑자기 부탁할 학교도 없으니 어찌하면 좋을까요?" 우리 학교에서 한 번 더 참여해달라는 하소연을 애써 돌려서 말했다.

우리나라는 부족한 혈액을 채우는데 군대와 고등학교가 곳간 역할을 한다. 단체 헌혈하기 딱 좋은 기관이다. 혈액원에서 각 기관의 협조를 얻어 연간 헌혈 계획을 수립한다. 고등학교는 대개 해마다 상반기와 하반기로 나눠 두 차례 정도 헌혈에 참여한다. 여기에도 문제가 생기는 경우가 있다. 독감이 유행하거나 전염병 환자가 생기면 그 기관은 헌혈에 참여할 수가 없다. 이때는 혈액원에 비상이 걸려서 바짝 긴장하고 사태를 예의주시한다.

수화기 너머로 들려오는 목소리에 담당 팀장의 애타는 심정이 담겨 있었다. 한 번 더 헌혈하는 것은 어렵지 않으나 실무자인 보건 선생님과 상의해서 연락드리겠다고 했다. 긍정의 답이 나오리라 예상했지만, 쉽게 허락해 주셔서 감사하다고 연신 말을 이었다.

헌혈이 원만하게 진행되는데 선생님 한 분이 잔뜩 굳은 얼굴로 교장실에 왔다. 교실에 갔더니 학생이 없어서 수업할 수 없고 진도에 차질이 생긴다고 볼멘소리를 했다. 문득 고등학교 시절이 생각났다. 헌혈차가 오면 우르르 몰려나가 수업 한 시간 빼먹던 때가 있었다. 거의 비어 있는 교실을 보고 선생님도 난감했을 것이다. 우선 선생님의 마음을 풀어주는 게 중요했다. '헌혈 예정 학교에 환자가 많아 차질이 생겼다, 혈액이 부족해지면 누군가는 수혈에 애타고 있을 수도 있다.' 일단 앉아서 차 한잔 건네며 차근차근 이야기하다 보니 마음이 누그러진 듯 얼굴이 펴졌다. 잘 달래고 마무리하면서 헌혈은 해보았는지 물었다. 돌아오는 답은 '아직'이었다. "선생님, 헌혈은 본인의 결심입니다." 말을 덧붙였다. "교육은 교과서 속에만 있지 않아요. 헌혈 버스에 가서 학생들 쓰다듬어 주는 것도 교육 아닐까요?" 그가 교장실을 나갔고 버스로 갔는지 빈 교실을 지켰는지는 확인하지 않았다. 그런 일이 있고 나서 그 선생님도 헌혈에 관심을 가졌으니 헛된 시간은 아니었다.

단체 헌혈을 하면서 희망자에 한해 헌혈증을 기부받는다. 그것을 모아서 원불교 은혜심기운동본부에 기증한다. 똑같은 헌혈 한 번이지만 그 의미는 두세 배 더해져서 모두 좋아한다. 헌혈 단골이 되다 보니 헌혈의집에 가면 간호사 선생님들이 반갑게 맞이해 주신다. 내가 헌혈하러 가면 그날 우리 학교 누가 다녀갔는지 다 말해줄 정도다. 덕분에 혈액원 전북본부에 따르면 우리 학교 학생 헌혈 비율이 가장 높다고 했다. 나처럼 가난하지만, 가진 것은 건강밖에 없는 학생들이 모인 학교라고 우스갯소리를 하곤 했다.

어느 토요일 오전에 헌혈의집에 갔는데 헌혈자 10여 명이 있었다. 한결같이 모두 낯이 익은 얼굴이었다. 각자 나에게 인사를 하는데 서로 상대끼리는 모르는 상태였다. 어떤 경우였을까. 내 제자이면서 나이 차이가 나니까 서로 알지 못하는 원광고등학교 선후배지간이었다. 그 좋은 기회를 그냥 두고 볼 내가 아니다. 각자 졸업 횟수를 밝히면서 그 자리에서 즉석 동문회가 벌어졌다. 이런 자리에서 유대 관계를 맺어 헌혈에 더욱 관심 두게 하는 일이 홍보위원의 의무 아닐까? 20여 년 동안 꾸준히 헌혈한 결실을 본 것 같아서 뿌듯했다.

헌혈하면서 더 의미 있는 일을 하자고 몇몇이 함께 자리했다. 2016년에는 다회헌혈자들을 중심으로 전국지자체에서는 최초로 익산사랑헌혈봉사단을 결성하고 단장을 맡았다. 주위에 혈액암과 같은 병으로 생사를 넘나드는 분들이 있다. 유사시 혈액이 부족할 때를 대비하여 규칙적인 헌혈로 지역사회에 이바지하자고 의기투합했다. 심폐소생술 교육을 비롯하여 매주 토요일 헌혈 권장 캠페인을 벌이며 각종 행사에서 헌혈의 중요성을 알리는 역할을 했다.

이런저런 소문이 퍼진 덕분인지 2018년 전북혈액원 헌혈홍보위원을 맡아달라는 제안을 받았다. 그 역할을 물으니 평소 내가 하던 일에 별반 다르지 않아 쾌히 수락했다. 그 이후 헌혈에 관한 칼럼을 쓰고 TV에 나가 헌혈 경험을 이야기하며 홍보위원 밥값을 하고 있다. 해마다 연말이면 여러 방송에서 출연을 요청한다. 사실 주고받는 이야기는 뻔하다. '언제 헌혈을 처음 했나?' '그 계기는 뭐였나?' '지금까지 횟수는?' '언제까지 할 건가?' '마지막으로 시청자들에게 하고 싶은 말은?' 뭐 대충 이 범위를 벗어나지 않는다.

전에 라디오 방송국에서 일하는 지인에게 전화를 받았다. 한참 근황을 나누다 그가 본론을 꺼냈다. 요즘 코로나19 여파로 헌혈 인구가 줄고 있다, 혈액 비축량을 충분하게 확보하지 못해 심각하다, 방송에 출연해서 헌혈의 필요성에 관한 이야기를 해 줄 수 있느냐, 가능하면 아들딸도 함께 오면 더 좋겠다, 이런 부탁이었다. 쾌히 승낙했다. 군 복무하는 아들은 어쩔 수 없지만, 다행히 보건소에 근무하는 딸은 시간을 낼 수 있었다. 방송국에서 보낸 질문지를 보며 생각을 정리한 다음 오후에 딸과 방송국에 다녀왔다.

헌혈은 건강한 사람이 경험할 수 있는 소중한 나눔이다. 누구나 언제 헌혈증이 필요한 상황이 닥칠지 아무도 모른다. 급하게 혈액이 필요하게 될지도 모르는 자신을 생각해 보자. 이때 아무리 발을 동동 굴러도, 사회 복지 시스템을 원망해도, 보유한 혈액이 없다면 속수무책 아닌가. 헌혈은 서로 나누는 것이다. 건강한 내가 아픈 이웃의 손을 따뜻하게 잡아주는 아름다운 행위이다. 방송국을 나오는데 딸아이 목소리가 한층 나긋했다.

한번은 전혀 생각하지 못했던 기습 질문을 받았다. "위원님에게 헌혈이란?" 갑작스러운 상황에서도 뭔가 그럴듯한 게 없을까 생각하다 문득 떠올랐다. "나에게 헌혈이란 한 달에 시집 한 권이다." 진행자가 의아해하며 재차 그 의미를 물었다. 어느 순간부터 헌혈을 마치고 기념품 가운데 오천 원짜리 문화상품권을 받는다. 시집은 대략 만 원 선이다. 그래서 한 달에 2회 하면 보고 싶은 시집 한 권이 내 손에 들어온다. 이렇게 설명하는 동안 진행자가 고개를 끄덕였고 나는 스스로 대견해 하며 뿌듯했다. 방송을 마치고 나오면서 작가에게 넌지시 말했다. "이런 방송은 연말에 몰아서 하지 말고 평소에 관심 가져주면 좋겠어요." 그가 미안한 표정으로 말했다. "거기까지는 제 능력이 안 되네요."

스승을 만나다

헌혈하러 온 사람은 참 아름다워 보인다. 적어도 손가락과 팔뚝을 바늘에 찔리는 수고를 감내하면서 자신의 일부를 남에게 바치러 온 사람들이라 내 눈에는 그렇다. 헌혈하러 가면 간호사 선생님들은 목소리 톤을 조절해서 '라'에서 '시' 정도 음색을 유지한다. 게다가 눈까지 맞추며 인사를 한다. 이렇게 헌혈자를 대하는 모습이 참 성스럽게 보인다. 그래서 헌혈의집에는 항상 기분 좋은 웃음이 넘쳐야 한다.

단골이다 보니 간호사님들하고 속에 있는 이야기를 나눌 기회가 있다. 본인의 기분이 저기압이라도 제 피를 나누러 오시는 분들을 최대한 상냥하게 맞이하려는 사명감을 가지고 헌혈자를 대한다. 하지만 이런 속마음도 몰라주고 하찮은 일을 꼬투리 잡아 짜증을 내는 헌혈자를 만나면 일할 맛이 싹 달아난다고 속내를 털어놓는다. 몸으로 하는 일이야 힘들면 얼마나 힘들겠는가. 그분들은 자신의 감정을 억누르고 정해진 감정을 연기해야 하는 '감정노동자'이다.

헌혈의집은 대체로 조용하다. 각자 소매를 걷고 열심히 주먹을 쥐었다 폈다 하며 피를 뽑아내는 일에 열중하기 때문이다. 이왕 줄 바에 조금이라도 빨리 피를 퍼주고 싶어 안달 난 사람들만 모였으니 당연하다. 그날도 난 열심히 주먹 운동을 하면서 가지고 간 시집을 뒤적이고 있었다. 아니, 헌혈하러 와서 왜 저러지? 어쩌다 아주 어쩌다 헌혈의집에서 '저러면 안 되는 일'을 보곤 한다. 그럴 때면 "손님, 여기서 이러시면 안 됩니다."라는 개그 프로그램이 떠오른다. 얼마 전이 그런 날이었다. 건너편 헌혈대에 간호사님 두 명이 헌혈자 한 사람을 상대하며 실내 분위기가 뾰족해졌다. 속삭여도 다 들릴 만한 조그만 공간에서 헌혈자의 목소리가 높아졌다. 뭔지 잔뜩 불만이 넘치는 베이스 음역이었다. 옆에서 듣는 사람에게 짜증이 그대로 묻어오는 건조한 목소리. 아, 그 짜증에 내가 전염되었다. 서너 명 헌혈자의 눈이 일제히 그리로 쏠렸다. 팔에 바늘을 꽂고 누워있는 그의 덩치가 보통이 넘었다. 그를 보며 이미 나는 혼자서 결론을 내렸다. '도대체 무슨 일이길래 저럴까, 성질 참 고약한 사람이네.'

대체 뭐지? 참 친절한 간호사 선생님인데 무슨 잘못이라도 했

나. 저 헌혈자가 집에서 단단히 싸우다 나왔을까? 저런 사람 피는 어떤 성분이 섞였을까? 저 피를 받는 환자가 혹시라도 저런 성질까지 닮는 건 아닐까? 슬슬 곁눈질하며 혼자 별의별 생각을 다 했다.

다시 이어졌다. "내가 여기 다시 오나 보라." 단단히 화 난 목소리였다. 그가 무슨 말을 할 때마다 간호사님은 쩔쩔맸다. 아니 대체 무슨 일이길래. 간호사가 바늘을 아프게 찔렀나, 아니면 혈액을 너무 과다하게 뽑았나. 결국 간호사님 한 분이 점잖게 대들었다. "선생님은 여기 오실 때마다 자꾸 화를 내세요. 대체 왜 그러세요, 우리가 무얼 잘못했나요?" "아니 제 말에 말대꾸하는 겁니까? 이렇게 불친절하니까 제가 그러죠." 곁에 있던 간호사님이 그 간호사님을 한쪽으로 데려갔다.

배려라는 건 없고 오직 자신의 화풀이만 하고 있었다. 이럴 땐 적당하게 말려야 할까. 머릿속이 복잡했다. 싸움은 말리면 커진다는데. 아니 공연히 끼어들었다가 '너는 뭔데 남 일에 참견이야?'라는 소리를 얻어들을까 이러지도 저러지도 못하고 망설이는 나를 보았다. 상대가 거칠게 나오면 그대로 가만히 죽은 듯 물러날 내가 아닌데. 소중한 시간에 헌혈의집에서 불상사가 생기면 안 된다고 내가 나를 붙잡았다.

갖은 불평을 하던 그이가 겨우 헌혈의집을 떠났다. 간호사 선생님들을 빼고 모두 얼굴이 환했다. 간호사님에게 이유를 물었다. 그가 조심스럽게 자초지종을 설명했다. "저분 어쩌다 오시는데 오실 때마다 트집을 잡고 다시는 안 온다고 해요. 그러다가 잊을 만하면 또 와서 오늘처럼 생떼를 써요." "그런데 대체 왜 그래요?" 그가 목소리를 낮추며 조심스럽게 말했다. "우리도 모르겠어요. 한마디로 '진상'입니다. 저 사람이 들어오면 우리 마음이 조마조마해요. 당하기만 하고 어디에 하소연할 데도 없어요."

평범한 내 생각으로는 그럴 바에 헌혈을 그만두면 좋을 텐데, 누가 헌혈 안 하면 불이익을 준다고 그런 의무감에 헌혈하러 오는 사람인가, 무슨 사정이 있는 걸까, 거기까지 생각하니 괜히 그 사람이 딱해졌다. 그는 이제 이곳에 발걸음을 안 할 것인가, 아니면 습관적으로 때 되면 다시 여기를 찾을 것인가, 별것 아닌 것으로 그날 헌혈은 전혀 지루하지 않았다. 아니 지루할 틈새로 '참전해야 하나 못 본 척해야 하나?' 긴장감으로 팽팽했다. 다음에도 저 사람을 여기에서 만날 수 있을까. 만약 오늘처럼 똑같이 군다면 그때 나는 어떻게 변할까. 그날 내내 뭔가 입에 맞지 않은 음식을 먹은 것처럼 내 마음이 언짢았다. 나도 어느 순간 어디에서 저런 진상이지는 않았을까. 왜 내 것 주면서 욕을 먹을까. 그 후 헌혈의 집에 갈 때마다 혹시 그 사람 어디 누워 있지나 않은지 살피는 버릇이 생겼다. 그날 나는 더 겸손해지라고 날 가르치는 스승을 만났다.

셀프 유튜버가 되다

　새로운 일에 도전하는 건 늘 설레고 두렵다. 그렇다고 망설이다 가지 못한 길은 훗날 생각하면 후회할 일이다. 로버트 프로스트는 그의 시「가지 않은 길」에서 '두 갈래 길이 있었고, 두 길을 다 가지 못하는 것을 안타깝게 생각하며, 그 둘 중 한 곳을 택해야 했고, 그것이 내 인생의 전부를 만들었다'지만 우리는 선택의 갈림길을 마주하면 망설인다. 그래서 내 선택이 삶의 모든 차이를 만들기도 한다.

　헌혈 홍보위원을 맡은 지 어느덧 6년이 넘었다. 위원 대여섯 명 가운데 가장 오래 자리를 지키고 있으니 나름 책임감도 무겁다. 그사이 다녀간 혈액원장님만 해도 다섯 손가락이 부족하다. 어떤 분은 6개월을 채우지도 못하고 어느 날 자리를 옮기기도 했다. 물론 상급 기관인 대한적십자사 혈액관리본부의 명령에 따른 이동이겠지만 '떠날 때는 말 없이'라는 노래를 좋아하는지 전화 한 통 없는 경우가 대부분이다. 홍보위원의 역할이 미약해서인가라고 자위하지만, 아쉬운 마음을 숨길 수는 없다.

지난 2023년 말 전북혈액원장으로 강진석 원장님이 부임했다. 원장님은 수더분하면서도 열정이 넘치게 혈액 사업에 적극성을 보였다. 부임하면서 홍보위원을 보강하고 역할에 기대를 많이 했다. 자석에 쇠붙이 끌리듯 홍보위원들도 마음을 모아주었다. 어느 날 홍보위원 간담회 자리에서 원장님이 말했다. "작년 개관한 국내 최초 한옥 헌혈의집을 홍보하고 싶은데, 유명 유튜버라도 불러다 영상 찍으면 어떨까요?" 그의 헌혈 인구 늘리기가 얼마나 진심인지 알고 있는 위원들은 고개를 끄덕였다.

작년 12월 말에 전북대학교 교정 안에 전국 최초 한옥 헌혈의집을 열었는데 그날 공교롭게 참석하지 못했다. 한옥으로 지은 헌혈의집은 어떤지 궁금하기도 하고 유튜버를 통해 홍보하고 싶다는 말을 듣고 뜬금없이 생각했다. '내가 한번 찍어 볼까?' 물론 난 유튜버도 아니고 영상을 잘 다루지도 못한다. 그저 영상 편집 기술자인 친구를 따라 리포터로 몇 차례 공동 작업을 한 경험밖에 없다. 혼자서 하는 헌혈보다 주변에 널리 알려 선한 영향력을 퍼뜨리면 좋겠다는 생각, 지인들도 함께 참여하는 건강한 헌혈 문화 조성에 이바지하면 좋겠다는 마음, 헌혈에 대한 올바른 지식과 참여 방법, 헌혈인으로서 다짐과 보람 등 국민의 인식을 바꾸면 헌혈 문화가 달라진다는 믿음 실천 등 그렇게라도 혈액 사업에 도움이 된다면 한번 도전해보고 싶었다.

마음을 굳히고 원장님께 미리 전화했다. 혼자 조용히 가서 대뜸 카메라를 들이대는 것보다 사전에 센터장님과 간호사 선생님들이 알고 계시는 게 좋을 성싶었다. 헌혈의집에 가는 길, 운전대를 잡고 머릿속에 정리한 대사를 큰소리로 되뇌었다. "반갑습니다. 오늘은 제가 372회째 헌혈하는 날입니다, 이를 기념하기 위해 특별한 곳에 왔는데요. 바로 전국에서 최초로 개소한 한옥 헌혈의 집입니다…." 전방을 주시하며 반복할 때마다 토씨가 조금씩 달라진다. 뭐, 틀리면 다시 찍으면 되지. 방송 인터뷰나 친구 카메라 앞에서 수없이 찍었지만 혼자 하는 촬영이라 눈치볼 일이 없다고 생각하니 부담이 덜했다. 운전하면서 이 정도면 됐다고 스스로 판정을 내리는 사이 한옥 헌혈의집에 도착했다.

평소 친절하기로 소문난 한은미 센터장님이 휴가 기간인데도 문 앞에서 맞이해 주시고 혈액원에서 김군남 간호팀장님이 오셨다. 촬영 재주도 없는 내가 마음만 앞서서 여럿 고생시키는 것 같아 미안했다. 다행히 간호사 선생님들이 친절하게 도움을 주셔서 무난하게 촬영을 마쳤다. 문제는 그게 끝이 아니었다. 시청자들이 편안하게 다가오도록 불필요한 부분을 자르고 자막도 입혀야 한다. 전문가인 친구와 제자에게 일을 나누어 맡겼다. 편집 기술이 좋은 사람들 덕분에 그럭저럭 볼 만은 하다는 평가를 받았다. 모두 편집 장인들 덕분이었다. 어쩌자고 난 일만 저지르는가. 또 언제 갚으려고 이리저리 신세만 지고 사는가.

헌혈이라 쓰고
사랑이라 읽는다

얼마 전 참 가까이 지내는 선배님이 카톡으로 사진을 보냈다. 헌혈대에서 소매를 걷고 활짝 웃는 얼굴이 보기 좋았다. 뒤이어 벨이 울렸다. 그 분이었다. 방금 환하게 웃는 모습과는 다르게 전화기를 타고 오는 목소리가 잔뜩 가라앉았다. 궁금하고 걱정하는 마음이 앞서 무슨 일이라도 있는지 물었다. "오늘 헌혈 정년 기념 마지막 헌혈을 마쳤네. 벌써 이렇게 됐어." 그의 목소리가 가을 낙엽처럼 쓸쓸함에 잠겼다. 젊디젊다고 여겼는데 어느새 헌혈 정년 만 69세라니 오히려 듣는 내가 무상함을 실감했다.

내겐 나를 나타내는 대표 브랜드가 있으니 바로 철인3종과 헌혈이다. 구태여 하나 더 끼워 넣자면 시답잖은 글쓰기를 들 수 있겠다. 의도한 것은 아니지만, 우연하게도 헌혈과 철인3종은 어느덧 25년째가 된다. 강산이 두 번 하고도 반이 바뀔 때까지 철인 대회 150여 차례 완주와 헌혈 400회를 눈앞에 두고 있다. 꾸준히 뚜벅뚜벅 걸어온 훈장인 셈이다.

중국 고대의 철학서인《열자(列子)》에 나오는 이야기다. 옛날, 중국의 어느 마을에 나이 90이 넘은 한 노인이 살고 있었다. 그의 이름은 우공(愚公)이었는데, 큰 산 두 개가 그가 사는 집을 가로막고 있었다. 이 산들 때문에 마을 사람들이 매우 불편했다. 우공은 어느 날 높은 산을 옮기기로 결심한다. 사람들은 그가 나이가 많고 산이 너무 높아서 그 일을 해내는 것이 불가능하다고 말렸다.

우공은 "내가 죽더라도 내 자식들과 자손들이 계속 이 일을 이어 나가면 결국 산은 옮겨질 것이다"라며 굳은 의지를 보였다. 우공은 마을 사람들과 함께 매일 조금씩 흙과 돌을 나르며 산을 깎아내기 시작했다. 이 모습을 본 하늘의 신이 우공의 끈기와 의지에 감동하여 두 산을 들어 다른 곳으로 옮겨 주었다고 한다. 바로 우공이산(愚公移山)의 유래나.

내 헌혈 목표는 500회다. 헌혈 정년이 되기 전 조기 달성하면 더 큰 산을 목표로 삼겠다. 기필코 집 앞의 산을 옮기고 말겠다는 우공의 마음으로. 문제는 꾸준히 건강을 유지하고 열정이 식지 않도록 관리해야 하는 지속성이다.

격주 일요일에 하던 정기 헌혈일을 퇴직하고 난 후 월요일로 바꾸었다. 평일에 시간을 쪼개기 어려운 직장인들이 주말을 이용해서 헌혈하는 시간을 아끼라는 생각에서였다. 평소처럼 8월 초순 월요일 오전 헌혈의 집에 들렀다. 여느 때 같으면 서너 명씩 헌혈대에 누워있어야 할 헌혈의 집을 내가 독차지했다. 상냥하던 간호사 선생님들이 한결같이 풀 죽은 얼굴이다. 방학이고 휴가 기간이라 헌혈자 발걸음이 뜸해졌다는 이야기를 덧붙였다.

학교와 군부대는 혈액이 부족할 때마다 급한 불을 꺼주는 보물창고나 다름없다. 혈액원은 일선 학교와 부대를 대상으로 일년 헌혈 수급 계획을 세워두고 헌혈량을 조절한다. 혈액은 장기 보관이 불가능하다. 그래서 방학 기간이나 이상 고온과 재해로 헌혈지원자가 감소하면 수급 계획에 차질이 생기고 온통 비상 체제에 돌입할 수밖에 없다. 혈액원은 혈액 부족으로 인한 불상사를 방지하고 헌혈장려를 위해 각 지자체와 헌혈자 지원 업무 협약을 체결하고 있다. 이를 통해 시민의 생명과 건강을 보호하고 자발적인 헌혈 활동을 증진한다. 헌혈을 통해 매년 수백만 명의 생명을 구하고 있으니 헌혈의 중요성은 아무리 강조해도 지나침이 없다.

내게 헌혈이란 단순히 피만 뽑는 게 아니고 꾸준함을 통해 더 많은 것을 깨닫게 해주는 의식이다. 몸에 밴 이런 습관은 내가 통제할 수 있는 것과 그렇지 않은 것을 구분하는 힘을 선물한다. 헌혈과 철인3종은 전혀 상관없어 보이지만 내겐 한 줄기에서 피어난 꽃과 잎사귀 같다. 의외로 연관성이 많으니 말이다. 까다로운 헌혈 요건을 충족하기 위해서는 건강을 지키는 게 필수다. 운동으로 다진 건강을 나눌 수 있으니 이 둘은 뗄 수 없는 보완관계를 이루고 하나가 빠지면 섭섭할 일이다.

3

골든벨을 울려라

중학교에서 근무하다 고등학교로 옮긴 지 4년 후 학생부장을 맡았다. 그해 우리 지역 고등학교에 KBS '도전 골든벨' 출연 바람이 불었다. 인근 남녀학교에서 각각 녹화 날짜를 잡았다는 소문이 손바닥만큼 좁은 바닥에 쫙 퍼졌다. 우리 학교만 처지는 것 같아 애가 달았다. 교감 선생님께 말씀드리고 함께 교장실에 가서 우리도 도전해 보자고 매달렸다. 돌아오는 대답은 "예산이 없어서 어렵네"였다. 학년 초 1년 업무에 따른 예산을 편성해 놓는데 애초 계획이 없었으니 당연한 말씀이었다.

못내 아쉬운 마음으로 교장실을 나왔다. 나오면서 생각했다. '예산이 없어서 문제라면 예산을 확보하면 가능하단 말인가? 내가 예산을 확보하면 허락해 주실까?' 교장실 복도에서 교감 선생님께 내 의중을 말씀드리고 그날 오후에 총동문회장을 찾아 갔다. "우리 학교에서 골든벨을 유치하려는데 아시다시피 학교에 돈이 없습니다. 동문회에서 후배들 기 좀 살려 주세요. 회장님!" 억지로 예산이라는 말 대신 '돈'을 힘주어 말했다. 회장님은 사업가이면서 기분파였고 후배인 나를 많이 아껴주셨기에 돈을 얻어올 자신이 있었다.

골든벨 녹화하는데, 방송국에 들어가는 별도 예산은 없다. 다만 체육관 임대료와 선생님, 학생들 도시락을 챙겨야 하고 출연 학생 100명에게는 따로 간식을 준비해야 했다. 이런저런 셈을 해보니 약 300만 원이면 족했고 회장님은 쾌히 승낙해 주셨다. 이건 전초전이었다. 이어 교장 선생님의 허락을 받아야 한다. 다시 회장님께 부탁드렸다.

"회장님, 바쁘시겠지만 내일 학교에 오셔서 교장 선생님 뵙고 허락 좀 받아주시면 좋겠습니다."

"그래, 내가 가야 한다면 그렇게 하지 뭐."

역시 시원시원하셨다. 미리 약속을 잡고, 다음날 회장님을 모시고 교장실로 안내했다. 회장님의 설명을 들은 교장 선생님은 허락은 하셨지만, 떨떠름한 표정으로 내게 말씀하셨다. "이제야 서두르면 방송국 스케줄은 어떻게 하려고 그러나. 돈이 문제가 아니네." 역시 경험이 풍부한 분다웠다. "자네가 책임질 문제가 아닌데…" 말끝을 흐리셨다.

사실 나도 그게 걱정이었다. 일단 저지르고 여기까지는 해결했는데 마지막 가장 높은 산인 방송국 스케줄은 내 능력 밖이었다. "교장 선생님, 허락해 주셔서 감사합니다. 방송국은 제가 어떻게든 뚫어 보겠습니다." 무엇을 믿었는지 나도 모르게 장담했다. 작은 고비는 넘었으나 큰 산을 어떻게 넘어야 할지 고민하기 시작했다. 일단 방송국 쪽으로 인연을 수소문했다. '간절하면 이루어진다'라고 했던가. 마침, 내가 담임했던 졸업생의 삼촌이 그 방송국 피디라는 소문을 들었다. 우리 반 실장이었기에 쉽게 삼촌의 연락처를 알아냈다. 일이 잘 되려고 그랬는지 그 피디도 우리 학교 졸업생이었다. 내 후배인 셈이다. 잘 풀려야 할 텐데. 기대 반 걱정 반으로 전화를 걸었다.

"○○○ 피디님, 반갑습니다. 저는 조카 ○○의 담임 송태규입니다."

"아, 네. 그러잖아도 소식 들었습니다."

참 기특도 하지. 조카가 미리 전화해서 대강 이야기를 들었다고 했으니, 일이 수월하게 풀릴 징조였다.

일단 방송국 홈페이지에 접수부터 하고 상황을 지켜보자고 했다. 언제나 확정되려나 방송국 방향으로 귀를 쫑긋하고 지내던 어느 날 그 후배에게 전화가 걸려왔다. 될성부른 나무는 떡잎부터 다르다는 말이 있다. "선배님, 참 다행입니다. 6주 뒤 녹화하기로 했던 학교가 사정이 있어서 취소한다고 연락이 왔네요.

우리 모교가 그날 녹화할 수 있을까요?" 아니, 이게 무슨 듣던 중 반가운 소리인가. 이렇게 빨리 날이 잡히다니. 예상치 못한 행운이 찾아왔다. 여부가 없었다. "네, 그럼요. 걱정하지 마시고 그날 찍는 걸로 준비하겠습니다." 교장실로 가는 발걸음이 벌써 골든벨을 울린 기분이었다.

활짝 핀 꽃이 돼서 교장 선생님께 자초지종을 말씀드렸다. 다 듣고 난 교장 선생님께서 한마디 하셨다.

"미리 탈락하면 학교 망신이니 이왕 하는 거, 잘 지도해서 골든벨 울리도록 해봐."

"네, 감사합니다. 열심히 지도해서 꼭 울리도록 하겠습니다."

이제 바깥의 문턱은 넘었다. 그래도 해야 할 일이 만만치 않았다. 학생부 선생님들이 장소 섭외와 도시락, 간식 등 업무를 분담하고 담임 선생님들에게 학생 선발을 부탁했다. 출연자 100명은 공부 잘하는 학생만 필요한 게 아니다. 갖가지 재주를 가진 학생을 골고루 선발해야 프로그램이 알차고 지루하지 않다. 각 교과 선생님이 예상 문제를 뽑으면 부장 선생님들이 훈련을 시켰다. 어느 날 담당자가 전화로 물었다.

"부장님, 가르치는 과목이 뭐예요?"

"저는 영어 과목입니다."

"그럼 잘됐네요. 영어 문제 하나 나가는데 준비하느라 애쓰셨으니 부장님이 맡아주시면 좋겠습니다."

"알겠습니다. 그렇게 하지요."

기다렸다는 듯 대답해 버렸다. 녹화를 마치고 내 욕심을 후회했다. 나보다 훌륭한 영어 선생님이 많이 계시는데 그 가운데 한 분에게 기회를 드렸으면 더 좋았을 거라고. 오른손이 한 일을 왼손이 모르게 하는 것도 커다란 기술이라는 것을 다시 배웠다. 우리 학교 녹화를 하는 2004년 4월 21일까지 총 39명이 '골든벨의 주인공'으로 탄생했다. 이제 40번째 주인공은 우리 학교에서 배출해야 한다고 잔뜩 마음의 준비를 했다.

당일 오전 9시부터 인근 대학교의 실내체육관에서 녹화를 시작했다. 어느 학교나 마찬가지겠지만 처음에는 설렁설렁 무난하게 넘어갔다. 중간에 고비를 만들어 대량 탈락자가 생겼고 패자부활전으로 분위기를 띄웠다. 그대로 순항하기를 바랐는데 40번이 넘어가면서 담당 피디의 태도가 달라졌다. 40번 대 초반에서 전원 탈락하는 학교가 나오는 이유를 알 수 있었다. 그때부터 팽팽한 긴장감이 흘렀다. 일절 융통성을 기대할 분위기가 아니었다. 예상보다 훨씬 빠르게 41번에서 '최후의 1인'이 남았다. 한 단계 한 단계 넘어갈 때마다 선생님과 학생들은 환호했고 나는 좌불안석이었다.

그쯤에서 탈락하면 여러모로 학교 면목이 서지 않을 일이었다. 학생들 모두 흥겹고 학교 홍보하는 시간이라고 쉽게 말할 수 있지만 내심 골든벨을 울려서 학교 명예를 높여주기를 간절히 바랐다. 손에 땀을 쥐면서 49번을 통과했다. 드디어 최후의 1인이 명예의 전당 직전의 자리로 옮겼다. 정상이 보인다. 제발! 이제 한 문제만 맞히면 된다. 방송국에서도 진행에 신중을 기울였다. 교장 선생님이 50번 문제를 읽을 때 모두 손에 땀을 쥐었다. 드디어 문제가 나오기 시작했다.

"지금 이 사람의 대표작인 자화상을 보고 계십니다. 여기서 이 사람은 우리나라 최초의 여성 서양화가이며 여권운동의 선구자인데요. 또한 화가에 그치지 않고 새로운 시대 감각으로 소설, 시 등의 문필 활동까지 했습니다. 대표작으로는 '경희'라는 소설을 꼽을 수 있는데요." 여기까지 듣는 순간 내 머릿속에 퍼뜩 정답이 떠올랐다.

그전에 최후의 1인이 남았을 때 담당 피디가 단단히 엄포를 놓았다. 만약 방청석에서 누구나 들을 수 있도록 정답을 말하면 그 문제는 무효로 하고 다시 진행한다고. 아니나 다를까. 47번에서 문제를 듣고 난 방정석에서 누군가 피디가 들릴 만한 소리로 정답을 말했다. 피디가 즉각 진행을 멈추고 무효를 선언했다. 앞으로 다시 이런 일이 생기면 훨씬 어려운 문제를 만들어 바로 녹화를 끝내겠다고 했으니 엄포가 그저 공포탄이 아니었다. 모두 조심하지 않으면 다 된 밥에 코 빠뜨리는 셈이다. 분위기가 팽팽했다.

1999년 골든벨을 시작한 뒤 우리 학교가 234회째였다. 우리가 녹화하는 날까지 겨우 39대 골든벨이 탄생했으니, 왕관을 쓰는 게 만만치 않은 셈이다. 만약 녹화를 적당히 진행하고 누구나 왕관을 썼다면 프로그램을 신뢰할 수 없고 장수할 수도 없을 일이다. 나는 주인공을 바라보며 입술로만 정답을 외쳤다. '진우야! 내 쪽으로 얼굴을 돌려봐라. 내가 이래 봬도 초등학교 다닐 때 고등학생 형들 장학퀴즈 문제를 곧잘 맞혀서 천재 소리를 들은 몸이란다.' 어찌 된 일인지 학생이 고개를 숙이고 한참을 망설였다. '그래, 신중해야 한다. 쓱싹 써버리면 재미가 없잖아. 적당히 방청객 속을 태우는 맛도 있어야지. 역시 너답구나.'

신중한 시간이 10초가 넘어서면서 길어졌다. 진행자가 초읽기를 했다. 내 속이 점점 새카매졌다. 제발 나 좀 봐라. 녀석이 고개를 갸웃하더니 답을 적었다. 그러면 그렇지. 나도 아는 건데. 우리는 안심했고, 필기구를 내려놓자마자 방청석에서 환호성이 터졌다. "셋! 둘! 하나! 답 들어주세요!" 진행자가 바짝 분위기를 달구고 진우가 들어 올린 답 판에는 '박영춘'이라고 적혀있었다. 정답은 '나혜석'이었다.

아쉽게도 마지막 고비를 넘지 못해 40번째 골든벨의 주인공을 탄생시키지 못했지만, 교직원과 학생, 동문 그리고 학부모님 등 모든 구성원이 응원과 격려를 아끼지 않아 일체감을 이루었다. 그날은 우리 학생들의 재주와 숨은 끼를 보며 무한한 가능성을 확인하는 값진 자리였다. 그렇게 골든벨은 우리의 손에서 벗어나는가 했다. 어느새 10년이 흘렀다. 그사이 나는 교감을 지내고 2014년 9월에 교장 취임 예정자가 되었다.

도전은 끝나지 않았다

　2013년 가을이 깊던 어느 날 TV를 켰는데 '도전 골든벨' 프로그램이 나오고 있었다. 이 프로그램을 애써 챙겨보는 건 아니지만, 우연히 마주하면 아쉬운 추억이 떠오르곤 했다. 그날도 화면에 눈길을 주고 있는데 진행자의 목소리가 귀에 꽂혔다. '지난번 나왔을 때는 어쩌고저쩌고…'. 대강 이랬다. 아니! 지난번이라니. 그렇다면 저 학교는 이미 골든벨에 나왔고 이번이 두 번째란 말인가. 갑자기 머릿속이 복잡했다. 우리나라에 고등학교가 대략 2,300개가 넘는다. 한 주에 한 학교씩 나온다면 대략 1년에 50개 학교, 10년이면 500개다. 이런저런 사정 있는 학교는 건너뛴다고 해도 한 바퀴 돌려면 40년은 걸릴 텐데 두 번씩 나오는 학교가 있다는 말인가. 다음 날 당장 방송국에 전화했다. 두 번도 가능하다면 어떻게든 다시 도전해서 명예 회복을 하겠다고 벼르면서.

"골든벨에 두 번 나오는 고등학교도 있나요?" 담당자가 내 속을 들여다보기라도 한 듯 꼭 내가 듣고 싶은 답을 말했다. 내 고정관념이 문제였다. 옳거니. 전화를 끊으면서 가슴이 뛰기 시작했다. 내가 또 해야 할 일이 생겼다. 아니, 해내야 한다. 우리 학교가 재도전해야 할 이유는 많았다. 그 가운데 커다란 줄기 두 개는 이랬다. 내년이 개교 60주년이다. 개교 50주년 행사를 미루었고 내가 교장으로 취임하는 내년 2학기에 60주년 행사를 크게 치르기로 준비하고 있다. 그다음은 명예 회복이다. 9년 전 골든벨 아래에서 아쉬운 눈물을 삼켰다. 선배가 쓰지 못한 왕관의 무게를 후배들이 들어 올리겠다. 만반의 준비를 해서 꼭 울리고 말리라.

처음 골든벨을 유치할 당시 나는 학생부장이었다. 그때는 교장 선생님의 승낙을 받는 데 몇 군데 과정을 거쳐야 했다. 업무를 나누는 데도 여러 부장님께 간곡히 협조를 부탁해야 했다. 이번에는 이미 5년 동안 교감직을 하고 있고 교장 취임 대상자가 되었다. 교장 선생님과 협의하면 걸림돌이 없다. 예산도 행정실과 총동문회와 협의하면 마련할 수 있다. 교장 선생님은 차기 교장인 나에게 이미 많은 권한을 주시고 힘을 실어주었다. 행정실장과 교장실에 앉아 9년 전 이야기를 떠올리며 다시 한번 도전하고 싶다고 말씀드렸다. 아니나 다를까. 시원하게 승낙해 주셨다.

방송국을 뚫어야 한다. 교무실에 돌아와 전화했다. 이번에는 지인을 앞세우지 않고 담당자에게 직접 자초지종을 설명했다. 다음날, 가능하다는 연락을 받았고 녹화 날짜를 조율했다. 한 가지를 간곡히 부탁했다. 교장 선생님이 내년 8월 말에 퇴임하시는데 가능하면 1학기에 그것도 우리 학교 개교기념일이 5월 1일인데 그 즈음하면 감사하겠다고. 일사천리였다. 2014년 4월 22일 녹화 후 5월 11일 방송하기로 날짜를 못 박았다. 그렇게 순항하는 듯하다가 그해 4월 16일 뜻하지 않게 '세월호' 비보가 터졌다. 5월 16일로 녹화 날짜가 미루어지고 결국 6월 29일 방송일을 잡았다. 딱 10년이 지나는 셈이다.

우리가 녹화하는 날까지 99명이 골든벨을 울렸다. 우리가 등극하면 100번째 왕관을 쓰게 된다. 100이라는 숫자는 상서롭지 않은가. 교감인 나를 단장으로 '백 번째 골든벨을 울리자'라며 준비위원 '백골단'을 꾸렸다. 2004년도에 이은 10년 만의 재도전, 개교 60주년 기념, 우리가 울리면 '100번째 골든벨' 탄생. 맛있는 음식을 만들려면 갖은 재료와 양념이 들어가야 한다. 이 정도면 훌륭한 한 상이 차려질 수 있겠다며 좋은 예감이 들었다.

10년 전 기억을 떠올리며 모두 머리를 맞댔다. 문제를 맞히는 데 주력하는 학생, 프로그램을 재미있게 꾸밀 재능을 가진 학생들을 따로 선발했다. 녹화를 준비하면서 방송국에서 학생들에게 학교를 대표할 명물 학생이나 특이한 인물이 있는지 조사했다. 나중에 안 사실인데 그때 학생들이 제작진에게 '문신이 있는 교감 선생님'에 대해 제보했다. 녹화가 거의 마지막으로 갈 무렵 진행자가 교감을 찾더니 대뜸 문신을 보자고 하는 게 아닌가. 뜬금없이 문신이라니. 어리둥절하는 내게 그는 '이미 다 알고 있으니 감출 필요 없다'는 표정을 지었다. 반소매를 걷고 'IRON-MAN' 'ULTRAMAN'을 문신하게 된 경위를 설명했다. 교감 어깨에 새겨진 문신에 대해 방송 담당자들이 협의한 후 큰 문제가 아니라는 결론을 내렸는지 나중에 그 장면이 방송에 나왔다.

43번에서 '최후의 1인'이 남았고 혼자 외로운 싸움을 벌였다. 한 걸음 한 걸음 골든벨로 다가갈 때마다 녹화장은 점점 열기가 달아올랐다. 하지만 이번에는 2학년 이현중 학생이 49번에서 아쉽게 탈락하며 두 번의 도전에 마침표를 찍었다. 그렇게 내 골든벨 인연은 끝나는 듯했다.

국민 골든벨

2016년 말, 골든벨 마무리 화면에 자막이 떴다. "2017 국민 골든벨이 여러분을 초대합니다. 고등학생이 아니라도 괜찮습니다. 나이 성별 학력 아무 상관 없이 누구나 참여 가능. 거기에 자신만의 끼와 재능이 있다면 금상첨화! 2017 국민 골든벨의 주인공이 될 여러분을 기다립니다. 지금 도전하세요."라고.

눈이 번쩍 뜨였고 방송국 홈페이지를 열었다. 골든벨에 출연하고 싶은 이유를 적는데 출연 동기에 대한 특별한 사연을 적으면 출연 확률이 더 높아진다는 문구가 보였다. 이건 나를 위한 기회다. 한번 도전해 보자. 그날 내가 국민 골든벨에 출연해야만 하는 필요성을 구구절절하게 보냈다.

—제가 학생부장으로 재직하던 2004년도에 당시 교장 선생님에게 건의하여 처음 골든벨을 유치했습니다. 치밀하게 준비해 승승장구하던 중 당시 3학년 양진우 학생이 50번 문제에서 아쉽게 정답을 놓치고 말아 우리를 안타깝게 했습니다.

—그 후 2013년 우연한 기회에 골든벨을 두 번 유치하는 학교가 있다는 걸 알았습니다. 다음 해인 2014년은 우리 학교가 개교 60주년을 맞이하는 해이고 성대한 기념식을 준비하였기에 바로 KBS에 전화하여 상황 설명을 했습니다. 다행히 재도전 기회가 왔지만, 그때는 49번에서 탈락하고 말았습니다.

—두 번째 골든벨을 마치고 2014년 9월에 저는 교장으로 취임했습니다. 일요일마다 골든벨 방송을 시청하면서 아쉬움을 달래고 있는데 국민 골든벨에 대한 안내를 보게 되었습니다. 드디어 기회가 왔습니다. 제자들이 못 이룬 꿈을 학교장으로서 최선을 다하고 그들에게 희망을 품게 해주고자 합니다.

방송국에서 연락이 왔나. 신청자가 넘치는데 방송국에 와서 자기소개를 마친 뒤 선발한다는 방침을 알려주었다. 내가 출연해야 하는 이유는 차고 넘친다. 지금까지 있었던 상황을 말하는 것만으로도 충분하지 않을까. 기차 속에서 대략 정리하다 보니 서울에 도착했다. 무대에 올라 내가 여기에 온 이유를 담담하게 설명했다. '내가 나오고 싶은 게 아니라 우리 제자들을 위해 나는 나가야만 한다.' 이렇게 국민 골든벨에 꼭 나오고 싶다는 간절함을 마치고 자리로 돌아왔다. 출입구 쪽에서 누군가 내 곁으로 다가오더니 뒷자리로 나를 데려갔다. 그이가 담당 피디라고 자신을 소개했다. 준비해 간 두 번의 자료 사진을 보여주고 간단하게 몇 마디 주고받았는데 집에 가서 기다려 달라며 돌아갔다. 일단 어느 정도 가능성이 있다는 이야긴가? 초반에 탈락하면 전국적인 망신인데 젊은 교장의 패기로 봐줄까, 교장이 체면도 버리고 나오다니 꿈이 야무지다고 비웃지나 않을까.

며칠 후 방송국에서 출연 확정이라는 전화를 받았다. 잠시 들떴다가 까마득하게 잊고 있었던 기억이 떠올랐다. 초등학교 다닐 때 마을 건너에 사시던 아버지의 고종사촌 형님께서 자주 놀러 오셨다. 두 분은 외모가 흡사해서 아주 가까우셨고 우리 형제가 잘 따랐다. 당시 일요일 저녁 장학퀴즈 시간이 되면 밥상을 물리고 모두 TV 화면에서 시선을 떼지 못했다. 초등학교 꼬맹이가 어쩌다 한 문제씩 맞히면 칭찬이 자자했다. 이어서 주머니에서 지갑을 꺼내 내게 상금 같은 격려금을 주셨다. 당시 당숙 어른은 공직에 계셔서 주머니 사정이 곤궁하지 않으셨으니 가능한 일이었다. 나는 우쭐해서 일요일 장학퀴즈 시간만 기다렸다. 그러면서 더 잘 맞혀야 한다는 마음이 급해 느닷없이 책을 많이 읽었다. 당숙 어른이 오시지 않는 일요일 저녁은 왠지 힘이 나지 않았다.

녹화를 마치고 방송 1주 전에 다음 주 안내 화면이 떴다. 미리 내가 출연한 사실이 다 알려지는 순간이었다.

"제자들의 한을 풀기 위해 교장 선생님이 떴다?!" "제자들의 한, 골든벨로 갚아주마!" 100인의 도전자 가운데 유난히 의욕이 넘치는 송태규 도전자! 전북 익산 원광고등학교의 교장 선생님, 그는 남다른 각오를 가지고 '국민 골든벨'에 도전했다고! 2004년엔 50번에서 탈락! 2014년엔 49번에서 탈락! 골든벨에 한 맺힌 원광고 제자들을 위해 본인이 직접! 제자들 '몰래!' 도전장을 내밀었다! 그, 러, 나, 용의주도한 '도전 골든벨'이 준비한 영상을 보고 놀라움을 금치 못했다고 하는데, "송태규 교장 선생님 과연 그는 제자들의 한을 풀어줄 수 있을까?"

부녀 동반 출연

두 번 치른 학교 골든벨 도전의 주인공은 제자들이었고 선생님들은 지원하는 입장이었다. 물론 행사를 준비하고 녹화하면서 다양한 재주를 가진 학생들을 만나는 것도 행복한 순간이었다. 더해서 제자들이 골든벨을 울리면 개인의 영광이며 학교의 명예를 높이는 일이다. 덩달아 선생님들은 어깨에 힘이 들어가니 그저 고마울 따름이었다. 하지만 어디 세상일이 마음대로 다 되던가. 이번에는 화면에 나를 주역으로 갈아 끼우러 왔다. 망설일 게 아니라 직접 부딪히면서 문제를 해결해 보자는 생각이었다.

하루 전날 리허설 하는데 방송 녹화하는 것도 구경할 겸 아내와 딸이 방송국에 동행했다. 처음 신청자 자기 소개할 때 안면을 튼 피디에게 가족을 소개하고 출연자 100명이 모여 담당자가 시키는 대로 연습을 마쳤다. 내일 최상의 컨디션을 발휘하기 위해 서울 구경은 다음으로 미루고 일찍 숙소로 들어갔다. 내일 녹화한 장면이 며칠 후면 전국으로 나갈 것이다. 막상 시간이 다가오니 여러 생각이 교차하면서 쉽게 잠이 오지 않았다. '일단 직진한다고 여기까지 왔는데 좋은 경험이라고 생각해야지.' '아니지. 그래도 망신살 뻗치지 않도록 체면치레는 해야지.' 다음 날 일찌감치 방송국에 도착했고 아내와 딸은 녹화장 응원석 앞에 자리를 잡았다. 녹화 시간이 다 되었는데 앞에 한 자리가 비었다. 어제 연습할 때 외국인 아가씨가 앉았던 자리다. 담당 피디가 전화기를 들고 갑자기 부산해졌다.

그가 난감한 표정으로 내게 왔다. "선생님, 갑자기 일이 생겼네요. 그 외국인 출연자가 못 나온답니다. 혹시 따님이 대신 출연하면 안 될까요?" 어제 인사시켰던 내 딸을 생각하고 그가 부랴부랴 대타로 추천했다. 나도 난감했다. 일단 딸의 의견을 물을 일이다. "한번 딸에게 물어봅시다." 느닷없는 요청에 딸과 아내는 당혹스러워했다. 생각지도 않았는데 일찌감치 탈락하면 전국적 망신 아닌가. 숫기가 없는 딸의 얼굴이 갈피를 잡지 못했다. 녹화 시간은 다가오고 피디가 출연을 재촉했다. 실마리를 풀 사람은 나였다. "하늘아! 남들은 방송에 나가고 싶어도 못 나가는데 얼마나 좋은 기회냐. 친구 따라 면접장 따라갔다가 스타 된 연예인이 얼마나 많은데. 부담 갖지 말고 좋은 경험이라 생각해봐. 이렇게 아빠하고 함께 출연하는 게 얼마나 멋진 추억이야." 망설이는 딸에게 쐐기를 박고 둘이 부랴부랴 준비했다. 출연진 모자와 번호를 받고 정성스레 답 판을 꾸몄다. 그 기운으로 부디 오래오래 버티기를 바라면서.

녹화 중간에 사회자가 나를 무대 앞으로 불렀다. 몇 마디 이야기를 나누는 사이 커다란 모니터에 낯익은 장면이 나왔다. 우리 학교 시청각실에서 학생 수십 명이 나를 위해 응원하는 영상이 나왔다. 전혀 예상하지 못했던 그야말로 '깜짝 쇼'였다. '당황과 감동.' 두 단어면 충분했다. 내가 골든벨에 나가는 건 가족 외학교나 주위 아무에게도 말하지 않았다. 녹화하기 전에도 나는 계속 출근했는데 학교 구성원 누구도 나에게 이런 일을 귀띔하지 않았다. 화면을 바라보는 내내 내 얼굴에 놀라움과 고마움이 가득했다. 이런 장면을 만들기 위해 노력했을 담당자의 정성과용의주도함에 감탄하면서 앞으로 내 삶도 더욱 치열하고 치밀해질 거라고 다짐했다.

이틀 동안 참 많은 일이 있었다. 나는 마음속으로 단단히 준비하고 신청한 프로그램이었다. 딸은 외국인 출연자가 포기하는 바람에 얼떨결에 현장 캐스팅이 되었다. 덕분에 부녀가 한 프로그램에 출연하는 행운을 누렸다. 녹화하는 날, 서울에서 대학 다니는 조카가 응원단으로 합세했다. 녀석은 머리가 명석해서 내가 근무하는 학교를 졸업하고 세칭 우리나라에서 제일 좋다는 대학에 들어갔다. 피디가 대타 출연진을 고민할 때 조카가 현장에 있었으면 딸이 제 사촌에게 양보해서 쉽게 결정했을 수도 있었다.

녹화는 중반부까지 비교적 느슨하게 진행했다. 아내와 조카는 딸의 시선이 잘 보이는 곳으로 자리를 옮겼다. 간혹 모르는 문제가 나오면 딸은 응원석으로 눈길을 돌려 위기를 넘겼다. 사촌끼리 호흡이 잘 맞은 셈이다. 처음 걱정하던 모습은 저만치 가고 별 탈 없이 소화하는 딸을 보면서 안도감이 들었다. 만약 일찌감치 탈락하는 모습이 화면에 비쳤다면 나 때문에 공개 망신당했다고 타박받을 게 뻔한 일이었으니까.

그날 나와 딸은 골든벨 문제를 몇 개 남겨놓고 자리를 내려와야 했지만, 두고두고 기억할 참 행복한 시간을 만끽했다. 앞으로 우리에게 어떤 일이 닥칠지 모른다. 그럴 때 마음이 움츠러들지 않고 도전하는 용기가 필요하다는 말을 딸에게 전했다. 부족하지만 아빠도 그렇게 살고 있다는 말과 함께.

골든벨 도전왕은 나야 나

작년 골든벨에 나가서 종은 울리지 못했지만, 참 좋은 경험을 했다. 체면이나 따지고 자리만 지켰다면 오지 않았을 일이다. 새로운 사람들을 만나서 인연을 만들고 삶의 터전을 넓혔으니 출연 자체가 커다란 복이었다. 이렇게 내 복은 내가 만드는 거다. '맞다, 앞으로도 옳다고 믿으면 직진하자.'

그러던 어느 날 생각하지도 않았던 복이 굴러왔다. 이번에는 방송국에서 골든벨 출연 연락이 왔다. 그동안 내가 먼저 우리 학교 좀 출연하게 해달라고, 내가 출연하고 싶다고 전화기를 들었는데 뜻밖이었다. 2004년 아쉽게 막을 내린 최후 1인과 함께 출연하면 어떻겠냐고 담당자가 제안했다. "선생님은 이미 세 번이나 출연 신청을 하셨으니 이번에는 제자와 동반 출연해서 최다 출연 신청자라는 타이틀로 제자와 함께 나오면 그림이 되겠네요." 솔깃하다가 멈칫했다. 당시 제자의 근황도 모르고 연락도 끊긴 상태였다. 일단 제자의 의중이 중요했다. "감사한데, 제자 의견부터 듣고 연락드리겠습니다." 먼저 제자를 수소문하는 일이 우선이었다. 다행히 그도 흔쾌히 동의했다. 교장실에서 함께 지난 영상을 보면서 당시를 추억했다.

"2018년 6월 10일. KBS 1TV '도전! 골든벨'이 900회를 맞는다. 골든벨 최다 출연 신청자! '도전하라! 그러면 울릴 것이다! 2004년 원광고등학교 교사로 첫 번째 도전! 2014년 원광고등학교 교감으로 두 번째 도전! 2017년 국민 골든벨에 세 번째 도전! 그리고 2018년 역대 최강자전에 제자와 함께 네 번째 도전! 골든벨 도전왕! 골든벨 최다 신청자! 익산 원광고등학교 송태규 교장 선생님! 골든벨에 맺힌 한(?)을 풀기 위해 2004년 원광고 최후의 1인 양진우 도전자와 함께 역대 최강자전에 도전장을 내밀었다. "이번에도 못 울리면?" "철인 정신으로 또 도전할 겁니다!!" 교장 선생님의 우승을 위해 학생들이 만든 비장의 프로젝트! 교장 선생님 골든벨 만들기 단체까지 출범! 비장의 각오로 최강자전에 임하는 원광고 송태규 교장 선생님! 골든벨에 끊임없이 도전하는 이유가 궁금하다면?! 채/널/고/정"

녹화한 뒤 방송국에서 만든 홍보 내용이다. 그때까지 50문제를 다 풀어 골든벨을 울린 사람은 총 122명이었다. 이번 특집에는 의사, 한의사, 교사, 행정 공무원 등 사회 각 분야에서 활약하고 있는 골든벨 우승자부터 골든벨을 울리는 데 실패했으나 주목받은 출연자, 명예 골든벨 주인공, 왕중왕전 우승자 등 100명이 출연해 역대 최강자를 가린다.

이제 내 개인의 명예가 아닌 학교의 명예를 걸고 나가는 것이다. 더구나 혼자가 아니라 아쉬운 추억이 있는 제자를 데리고 함께 가는 일이라 준비를 더 꼼꼼히 해야 했다. 어떻게 할까 고민하던 어느 날 학생 대표가 교장실로 찾아왔다.

"교장 선생님. 드릴 말씀이 있습니다. 저희가 '교골단'을 만들었습니다."

"교골단이 뭔데?"

"교장 선생님을 골든벨 우승자로 만들기 위한 비장의 프로젝트입니다."

"그래, 2014년에는 백골단을 만들었는데 이번에는 교골단이라고?"

"백골단이 뭐였어요?"

벌써 4, 5년 전 일을 알 바 없는 학생들이 물었다. 당시 상황을 설명하니 고개를 끄덕이며 아쉬워했다. "이번에는 교골단이 뭉쳤으니 꼭 울릴 겁니다. 교장 선생님, 파이팅." 손바닥을 부딪치고 교장실을 나가는 학생들 어깨가 넓어 보였다.

극성스런 교장 만나 여럿이 고생한다고 생각했지만, 녀석들의 마음이 고맙고 기특했다. 그날부터 학생과 선생님들이 만든 예상 문제로 양진우 졸업생과 예행 연습까지 완벽하게 마쳤다. 마음만은 이미 골든벨이었다.

녹화를 하기 전에 담당 피디가 다가왔다. "교장 선생님, 상의할 게 있습니다. 저희가 특집을 마련하는데 남학교와 여학교가 공동 출연하는 프로그램을 기획하고 있습니다. 원광고등학교와 원광여자고등학교가 같은 재단이니 함께 녹화하면 어떨까요?" 일단 나는 구미가 당기는데 여학교 입장을 물어야 한다. "한번 그쪽 사정을 들어보고 연락드릴게요."

나만 빼고 모두 쟁쟁한 출연자들이 모인 역대 최강자전답게 분위기가 팽팽했다. 여럿이 숨은 재능을 뽐내며 분위기가 한껏 달아오르더니, 함정 문제의 덫에 걸려 무더기 탈락 후 패자부활전을 거쳐 기사회생했다. 한 걸음씩 더디게 39번을 넘어 40번대로 진입했다. 지금부터 살아남아야 한다. 교골단까지 만들어 응원해 준 학생들을 생각하면 어깨가 무거웠다. 오로지 내가 아는 문제만 나오길 기도했다. 녹화가 순조롭게 이어지다 덜컥 암초를 만났다.

녹화를 마치고 출근하자마자 자매학교 교장 선생님을 만났다. 자초지종을 설명하니 그분도 대번에 찬성했다. 두 학교가 공동 출연하면 애교심은 물론 지역에 학교 홍보는 덤이니 우수 신입생 모집에도 힘을 받을 거란 생각이 이심전심이었다. 며칠 후 담당 피디가 학교에 내려와서 두 학교가 50명씩 출전하는 등 상당히 구체적인 내용까지 대화가 이어졌다. 양쪽 학교가 당당하게 경쟁하며 함께 환호하는 모습을 상상했다. 서로 준비를 잘하면 어디 학교든 골든벨을 울리는 것도 현실이 될 것이다. 우리는 부장 선생님들과 50명 학생을 어떻게 선발할지 고민하고 있었다. 골든벨을 울려줄 우수 학생과 재능이 넘치는 학생을 골고루 뽑아 달라는 피디의 의견을 얼마만큼 들어주어야 하나. 혹시라도 우리 학생들이 미리 탈락하면 학교 망신이니 상위권 학생을 더 많이 넣어야 한다는 의견과 다른 쪽 의견이 맞섰다.

이틀 후 자매학교 교장 선생님의 전화를 받았다. "송 교장님, 미안합니다. 오늘 부장 회의했는데 선생님들이 반대하네요. 이번에 함께하지 못하게 됐네요. 미안합니다." 난데없는 소리에 농담한다고 생각했다. "아니, 대체 무슨 이유인데요?" "학기 초라 수업 분위기도 흐트러질 것 같고 아무튼 부장들이 반대하니 우리는 어렵겠습니다." 갑자기 난감했다. 이렇게 처리할 일이 아니었다. 적어도 외부 기관과 한 약속은 지켜야 하는 게 아닌가. 우리 선생님들은 그렇다 해도 담당 피디에게는 뭐라 설명해야 하나. 그쪽 의중을 안 이상 시간 끈다고 될 일이 아니었다. 피디에게 차선책을 마련하라고 불편한 소식을 전했다. 그도 난처해했지만, 어쩔 도리가 없지 않은가. 참 무책임한 결정에 두고두고 마음이 요란했다. 한참 동안 마음이 쓰였는데 얼마 후 다행히 다른 지역 남녀학교를 섭외하여 잘 마쳤다는 연락을 받았다. 마음의 빚을 덜었다.

지난번 인터뷰에서 밝힌 '탈락하면 철인 정신으로 또 도전하겠다'는 각오는 허망하게 마무리했다. 그래도 배운 것이 있다. 사람 일은 모른다. 혹시 아는가. 살다 보면 어느 순간 어떤 기회가 다가올지. 그때를 대비하여 몸도 마음도 건강하게 가꾸어 놓아야 한다는 것을.

4

태산명동 서일필

　인문계 고등학교에도 1년에 두 차례 엄연히 방학이 있다. 문제는 방학 일정을 발표하면서 보충수업 기간도 함께 공지한다는 것이다. 결국 방학이라고 해봤자 퇴화해서 있는 둥 없는 둥 한 노루 꼬리만큼이다. 선생님이나 학부모는 학생들이 수업을 한 시간이라도 적게 하면 금방이라도 성적이 곤두박질하고 인생이 끝나는 것처럼 조급해했다. 속 터지는 학생들 마음은 안중에도 없이 말이다. 더구나 방학에도 보충수업을 마치면 심야학원까지 다녀야 하는 학생은 녹초가 된다. 목표는 단 하나. 부모가 원하는 대학에 들어가야 부모 체면도 서고 더불어 자식의 신분 상승을 간절히 바라기 때문이다. 방학 때가 되면 다른 학교보다 보충수업을 더 많이 시키려는 선생님과 수업에서 해방되고 싶은 학생 간에 치열한 머리싸움이 벌어진다.

당시 재단 이사장님은 말끝마다 학생들이 최적의 상태에서 공부에 전념할 수 있는 환경을 만들라고 당부하셨다. 교실은 여름에 서늘할 정도로 시원하고 겨울에는 외투가 거추장스러울 정도로 훈훈했다. 한낮 더위를 견디기 어려우면 학교처럼 안락한 피서지가 따로 없었다. 집에서 더위를 참다못해 교무실에 들러 업무도 처리할 겸 더위를 식히고 가는 선생님도 계셨다.

중학교 다닐 때 기술 선생님은 학생들에게 인기가 많았다. 그 선생님 시간이 기다려지고 조는 학생이 없었으니 기술 선생님이 수업의 기술자였다. 수업 중간중간에 어린 우리에게 여러 재미있는 이야기를 들려주셨다. 지금도 기억나는 한 가지. "너희들 더운 날 시내에서 피서하는 방법 아는 사람?" 당시 소시민들 집 안에 에어컨이 있을 리 만무하던 시절이었다. 시내에서 피서한다는 말씀에 기껏 우리 입에서는 건물 처마 그늘이나 부채를 떠올릴 뿐이었다. 한참을 기다렸다 답답하다는 듯 하시는 말씀이 "이놈들아, 더우면 은행으로 들어가면 되지." 당시 시내 번화가에는 몇 군데 은행이 이마를 마주하고 있었다. 선생님 말씀을 따라 덥거나 추우면 눈칫밥을 먹으면서도 은행에 들어가 기웃대다 쫓겨나던 시절을 생각하면 세상 참 좋아졌다.

이사장님께 전기 요금 폭탄을 맞을까 걱정하면 다른 예산을 줄여서라도 학생들 편에서 학교를 경영하는 게 교장의 능력이라고 격려 비슷한 채찍을 드셨다. 또 한 가지 꼼꼼하게 챙기는 것이 학교 급식이었다. 한창 커가는 학생들을 잘 먹여야 공부도 잘할 거라며 교장에게 신신당부했다. 덕분에 인근에서 우리 학교 급식처럼 맛있는 곳은 없다며 소문이 자자했다. 이사장님의 한마디가 나를 거쳐 영양사에게 전해지면 급식실 조리원들은 비상이었으니 당연한 결과였다. 어쩌다 학생들 입에서 급식에 불만이라도 생기는 날이면 영양사는 내 눈치 보기에 급급했다.

기숙사에서 다니는 학생은 하루 세끼를, 야간자율학습에 참여하는 나머지는 두 끼를 학교 급식으로 해결한다. 영양사님은 끼니마다 식단을 다르게 하고 열량까지 챙겨야 하니 보통 노동이 아니다. 그 가운데에서도 위생은 기본이다. 만에 하나 음식에 무슨 일이라도 생기면 백약이 무효였다. 그러니 집에서 엄마가 만드는 음식도 그보다 나을 수는 없었다. 난 지금도 아침마다 국이나 찌개와 함께 밥을 먹는다. 아내는 두 식구 먹을 국물을 한꺼번에 끓여 놓는다. 아침에 먹은 국이 남으면 점심 저녁까지 군소리 없이 먹는다. 어떨 때는 다음 날 아침까지 먹기도 하는데 항상 맛있다는 말을 입에 달고 살다 보니 어느덧 습관이 되었다. 아내에게 국물이 곁들인 따뜻한 아침밥을 얻어먹는 비결이다.

우리 5남매가 학교 다닐 때 어머니는 도시락 싸는 데 선수였다. 수험생 때는 두 개씩 가지고 다녔으니 아침마다 부엌에는 노란 도시락이 탑이 쌓였다. 반찬이라고 해야 김치와 깍두기 정도에 어쩌다 멸치볶음이나 달걀프라이가 올라오면 진수성찬이었다. 우리 학교 급식실에서도 엄마의 마음으로 온갖 정성을 기울여 만든 음식이지만 자기 입맛에 맞지 않으면 젓가락도 대지 않고 잔반통에 통째 버리는 학생도 있었다. 그런 학생은 내가 생각해도 참 너무한다 싶었다.

1,200명이 넘는 학생과 교직원 100여 명을 합하면 적지 않은 수가 울타리 안에서 복작였다. 대식구가 한 배를 타고 가다 보니 언제 무슨 일이 벌어질지 몰라 항상 살얼음판을 걷는 기분이다. 2014년 9월에 교장으로 취임하고 한 학기가 지난 겨울방학이었다. 겨울방학이라 수능을 마친 3학년을 빼고 1, 2학년은 보충수업이 한창이었다. 학교가 발칵 뒤집혔다. 발단은 행정실장의 전화 한 통이었다. 어느 날 점심시간이 조금 지난 뒤 행정실장이 교장실에 들어왔다. 교장실과 행정실은 옆 방이고 흔히 관리자라 불리는 교장, 교감, 행정실장은 학교 경영을 위해서 수시로 머리를 맞대고 산다. 잘 돌아가는 학교는 이 관리자들이 원만하게 지낸다. 반대로 관리자 3인방 간에 보이지 않는 알력이 있다거나 소통이 잘 이루어지지 않으면 선생님들이 좋아한다.

행정실장의 얼굴이 평소와는 달랐다. 눈치를 살피며 조심스럽게 입을 열었다. "점심시간이 끝나고 여러 학급에서 설사 환자가 발생했다는 소리를 듣고 도 교육청에 유선으로 보고했습니다." 처음 듣는 소리라 깜짝 놀라서 물었다. "도대체 설사 환자가 얼마나 되길래 나한테 말도 없이 교육청에 먼저 보고합니까?" 학교에 무슨 일이 생기면 먼저 교장이 알아야 한다. 교장은 그 일을 판단하고 결정한다. 그리고 그에 따른 최종 책임을 진다. 그러라고 교장실을 마련해준다. 행정실장이 우물쭈물 망설이다 정확한 인원은 아직 알 수 없다고 했다. 답답했지만 이미 엎질러진 물이었다. 당시에는 대수롭지 않았다. 몇 명인지는 모르지만, 설사 환자가 다수 발생했다고 학교 운영에 큰 문제는 아니다. 다만 그 원인을 파악해서 조치하면 되는데 내게 상의도 없이 먼저 교육청에 보고한 일이 마음에 걸렸다. 즉시 담임 선생님들 협조받아 정확한 인원과 증세부터 파악해서 알려달라고 말했다.

세상에는 눈과 귀 밝은 사람이 참 많다. 어찌 알았는지 두어 시간 뒤 낯선 번호로 전화가 걸려왔다. 자신을 무슨 신문사 아무개 기자라고 이름을 대는데 처음 듣는 이였다. 대뜸 "송태규 교장 선생님 맞죠? 아까 학생들 식중독 사고가 있었다는데 교장 선생님은 알고 있습니까?" 내 설명은 들을 필요도 없다는 듯 속사포처럼 뱉었다.

"무슨 말씀이세요?"

"기자실로 제보 와서 알고 있습니다. 몇 명이나 됩니까?"

"여보세요, 아직 확인도 하지 않았는데 무슨 근거로 식중독이라고 단정해서 말씀하십니까?" 불과 몇 시간 사이 설사 환자가 식중독 환자로 둔갑했다.

그 기자 입에 발이 달렸다. 다음 날 아침부터 시청 출입 기자 몇이 식중독 아니냐고 의심에 찬 눈초리를 보냈다. 도 교육청에도 설사가 식중독 사고로 소문이 퍼지고 교육청은 우리가 무엇인가 감추고 있다고 생각했다. 여기저기서 교장실로 걸려오는 전화가 쉴 새 없었다. 담임 선생님과 보건 선생님을 통해서 설사 환자 가운데 결석생이 있는지 파악하는 게 우선이었다. 다행히 결석생은 없었고 밤새 증세를 자세히 알아보도록 지시했다. 설사 빼고는 특별한 증상은 없었다는 보고를 받았다. 재차 확인 뒤 식중독은 아니라고 확신했다.

그 일이 벌어지기 서너 달 전, 나는 되게 앓았다. 선생님 넷이 학교 인근 식당에서 점심을 먹고 나서였다. 중년 부부가 운영하는 식당이었다. 양념을 입가에 묻혀가며 꽃게 무젓을 맛있게 먹고 난 뒤 두어 시간이나 지났을까. 배가 살살 뒤틀리고 화장실에 들락거렸다. 점점 식은땀이 흐르고 어지럼증이 동반했다. 그대로 버틸 수 없어서 행정실 선생님 차를 얻어 타고 병원에 갔다. 짧은 거리인데도 흔들리는 차 안에서 견디기 힘들어 뒷좌석에 누웠다. 창백한 얼굴에 배를 움켜쥐고 병원문을 들어서는데 천장이 빙글빙글 돌았다. 언젠가 친구를 따라 어선을 타고 낚시를

간 적이 있었다. 넘실대는 파도에 조그만 배는 속수무책이었고 나는 난간을 붙들고 아침에 먹을 걸 다 토해내기 시작했다. 날 데려온 친구를 원망하면서 차라리 바닷속으로 뛰어드는 게 낫겠다고 생각했다.

이번에는 그때보다 더했다. 처음 겪는 일이었다. 체면을 차릴 틈도 없이 병원 의자에 큰 대자로 널브러졌다. 끙끙 앓는 내가 측은했던지 환자들이 순서를 양보했고 진찰실로 기어들어 갔다. 원장님이 몇 가지 증세를 물었고, 난 다 죽어가는 목소리로 아까 먹은 것과 증세를 대강 설명 했다. 듣자마자 대뜸 말했다. "아이고, 선생님. 식중독입니다. 큰일 날 뻔했네요. 일단 약 먹고 수액 한 대 맞으면서 좀 쉬시죠. 그럼 조금 나아질 겁니다." 세상에 그런 고통은 처음이었다. 진료를 마치고 헬쑥한 얼굴로 학교에 돌아갈 자신이 없었다. 집에 들어가서 함께 식사한 선생님들에게 전화를 돌렸다. 알고 보니 둘은 멀쩡한데 나머지 한 명이 똑같은 증세로 앓고 있었다. 한 밥상에서 같은 음식을 먹었는데, 밥값도 내가 냈는데, 아픈 사람은 따로 있었으니 재수 없다고 해야 하나 그나마 다행이라고 해야 하나.

둘이 시달린 것으로 보아 그 식당 음식에 문제가 있다는 확신이 들었다. 찾아가서 사실을 알리고 밥값을 되돌려 받을까. 신고한다고 으름장을 놓으면 병원비까지 받아낼 수 있을까. 우리처럼 피해자가 더 생기면 안 되니 그냥 모른 척 보건소에 전화해서 조치해달라고 할까. 그럼 그 식당은 얼마나 시달리고 어떤 조치를 받을까. 된통 앓고 난 끝이라 결정 내리기가 쉽지 않았다. 주인이 싹싹하고 친절해서 이따금 들르는 식당이다. 더구나 바깥 주인은 내가 학교 교장인 걸 알고 있는데 매정하게 안면몰수하자니 그럴 배짱도 없었다.

여러 생각 끝에 다음날 전화를 걸었다. 자초지종을 설명하고 신고는 하지 않겠으니 음식 관리에 더 신경 쓰면 좋겠다고 말하려던 참이었다. 갑자기 말허리를 자르고 주인의 탁한 목소리가 수화기를 타고 왔다. "아니, 선생님. 그게 우리 집 음식을 먹고 탈이 났다는 증거라도 있습니까? 우리는 절대 상한 음식을 내놓지 않습니다. 만약 그것이 사실이 아니라면 책임질 수 있습니까?" 순간 내 목에 생선 가시라도 걸린 듯 얼굴이 벌게지고 숨이 막혔다. 남편의 소리가 커지자 무어라고 거드는 아내의 목소리가 전화기 너머로 들렸다. 아마 어떤 인간이 음식 가지고 시비라도 걸고, 남편이 되게 혼내주는 것쯤으로 그곳 그림이 그려졌다. 뜨내기였다 하더라도 주인은 손님의 입장이 되어서 이야기를 더 들어주어야 했다. 서로 안면이 있고 내가 파렴치한도 아닌데 너무한다 싶었다.

식당을 하는 후배가 있다. 손님이 천차만별이고 그 가운데 괜한 일을 트집 잡는 '진상'도 있다고 했다. 음식에서 이물질이 나왔다고 꾸며서 음식값을 내지 않거나 배상을 요구하는 손님 이야기도 이따금 언론에 등장한다. 졸지에 주인에게 나는 뻔뻔한 진상이 되어버렸다. 갑자기 난감하고 어처구니가 없었다. 심호흡하고 배에 힘을 주면서 말했다. "여보세요, 사장님. 제 이야기를 끝까지 듣지도 않고 왜 화부터 내십니까? 내가 아프지도 않은데 생트집 잡는다고 생각하십니까? 거기서 먹은 게 탈 났다고 나오면 책임져야 합니다." 어느새 나도 목소리 톤이 올라갔다. 그도 지지 않았다. "선생님이 지금 협박하시는 겁니까?" 잘 마무리하려던 일이 점점 커지고 있었다. "그럼 제가 진단서 떼고 보건소에 신고하겠습니다. 거기에서 나오는 결과대로 서로 책임지면 되겠네요." "그러시든지 알아서 하세요." 동시에 '딸깍'하고 수화기 내려놓는 소리만 귓전에 맴돌았다.

평소에 친절하던 주인의 태도는 어디 갔는지 전혀 다른 사람이 되었다. 적당히 해서는 이 험한 세상 살아가기 어렵다는 걸 경험으로 배운 것일까. 그나저나 내가 일방적으로 당한 것 같아 약이 오르고 괘씸했다. 이렇게 된 마당에 나도 가만있으면 진짜 파렴치범으로 몰릴 지경이었다. 어제 식당에 함께 갔던 선생님을 찾았다. 아직 편치 않은 몸으로 내 이야기를 듣고 난 선생님도 어이가 없다고 분개하며 내 의견에 동조했다. 우린 지금 교직자라는 신분을 떠나 고통을 함께 겪는 동업자다. 한때 고객이었던 손님의 의견을 묵살하고 제 고집만 앞세우는 업주에게 깨어 있는 시민정신을 보여줄 일만 남았다. 이제 병원에서 진단서 떼고 보건소에 사실대로 신고하면 된다.

학교를 나서려는데 전화가 걸려왔다. 그 식당 주인이었다. "선생님, ○○식당 주인입니다. 지금 좀 뵐 수 있을까요?" 방금까지 듣던 가시 돋친 목소리는 오간 데 없었다. "지금 학교에서 병원으로 출발하려는 참입니다. 왜 그러시는데요?" 내 목소리가 비포장길 달리는 버스처럼 툴툴거렸다. "그럼 바로 학교로 찾아뵙겠습니다. 조금만 기다려 주세요." 어리둥절하다 다시 교장실로 걸음을 돌렸다. 얼마 지나지 않아 잰걸음으로 그가 왔다. "교장선생님, 제가 너무 죄송하게 됐습니다. 교장 선생님 말씀을 끝까지 듣지도 않고 화부터 내서 정말 죄송합니다. 아내에게 잔뜩 혼나고 오는 길입니다. 죄송합니다, 교장 선생님. 한 번만 선처해 주시면 안 되겠습니까? 교장 선생님, 정말 죄송합니다." 좀 과하다 싶을 정도로 애처롭게 통사정을 했다.

그가 말하기를, 아내가 통화 내용을 묻고 내 이야기를 전하자마자 벼락같이 화를 냈다고 했다. 만약 자기네 식당에서 먹은 게 탈이 났다면 당분간 식당 문을 닫을 수도 있는데 그러면 당신이 어떻게 하려고 그랬느냐. 왜 그렇게 경솔하냐고 되게 야단 맞았다고 잔뜩 머리를 조아렸다. 아내 말을 듣고 자기가 잘못했다는 것을 인정하고 부리나케 달려왔다며 말끝마다 교장 선생님, 교장 선생님을 갖다 붙였다. 교장 선생님이니 좀 아량을 베풀어 주십사 하는 것으로 들렸다. 당신은 교장이니 이 정도에서 선처를 베풀어 줄 수 있지 않은가? 그렇지 않으면 난 안식구에게 면목이 없다. 제발 내 입장을 생각해서라도 한 번만 봐줘라. 이렇게.

사실 처음부터 일을 키울 생각도 없었지만 계속 애걸복걸하는데 더 이상 애간장을 태우고 싶지 않았다. 곁에 계신 선생님에게 양해를 구하고 내 심경을 말했다. 그가 내 손을 꽉 붙들고 "감사합니다, 교장 선생님. 감사합니다."를 연발했다. 교장실을 나서는 그의 걸음이 한결 가벼워 보였다. 의기양양해서 식당 문을 열고 들어설 그의 모습을 상상하면서 우리도 미소를 지었다. 다시 그 식당을 가기는 쑥스러워서 발걸음하지 않았지만, 덕분인지 처음으로 죽게 앓았던 식중독의 무서움을 결코 잊을 수가 없었다.

설사 환자가 식중독 환자로 둔갑하고 출근하자마자 교장실에서 각 유관 기관 실무자 긴급회의가 소집되었다. 도교육청과 지역교육지원청, 도청 보건위생과, 시 보건소, 학교 담당 경찰관, 기자들, 심지어 광주에서 지방식품의약품안전청 직원 등이 총출동했다. 널찍한 교장실이 비좁을 지경이었다. 만약 이들의 추측이나 심경대로 집단 식중독이라면 보통 문제가 아니다. 모두 얼굴빛이 어두웠다. 나는 믿는 구석이 있었지만, 혹시나 하는 마음을 떨치기 어려웠고 선생님들이나 학생들도 불안함을 감추지 못했다. 격식을 갖출 겨를도 없이 회의를 시작했다. 보건소와 식약청 직원이 먼저 식당에서 보관하고 있는 보관식을 수거했다. 단체급식하는 식당은 만약의 사태에 대비해 지난 며칠 분의 음식 샘플을 보관해야 한다. 사건이 생기면 이 보관식을 역추적해서 원인을 밝혀야 하기 때문이다. 아울러 급식실의 청결과 위생 상태를 꼼꼼하게 점검했다. 다른 기관 직원은 설사 환자들을 불러 일일이 개별 면담을 통해 증상을 재차 확인했다.

도교육청 장학관은 나와 행정실장을 따로 불러 이것저것 묻기 시작했다. 모두 제 밥값 잘하고 있다는 듯 질문에 충실했다. 우리는 감출 것이 없으니 담담하게 사실을 말했다. 담당자가 너무 걱정하지 말라고 안심시키면서 한 가지 통보를 했다. 일단 정확한 실태가 밝혀지기 전에는 학교 급식을 중단해야 한다. 덧붙여, 그럴 바에는 이번 겨울방학 보충수업을 중지하는 게 어떻겠냐고 제안했다. 우리 사정은 듣지도 않고 친절이 도가 넘었다. 갑자기 머릿속이 복잡해졌다. 수업을 중지하는 문제는 그 자리에서 교장이 단독으로 결정할 사항은 아니었다. 바로 긴급 교직원 회의를 소집했다. 선생님들 앞에서 담담하게 말했다. "저와 정○○ 선생님은 얼마 전 식중독을 되게 앓았습니다. 그때 경험으로 미루어 이번 일은 절대 식중독이 아니라고 생각합니다. 모든 책임은 교장인 제가 지겠습니다. 선생님들은 동요하지 마시고 학생들에게도 반드시 전달해 주시기 당부합니다." 이어서 급식실 이용 금지에 따른 보충수업 중지도 부득이하다는 말에 뜻을 모아 주었다. 모두 한마음이 되었고 잘 대응할 일만 남았다.

그때는 발 없는 말이 천리마가 되었고 아니 땐 굴뚝에도 연기가 났다. 천여 명에 달하는 학생 입을 어찌 다 맞출 수 있겠는가. 온갖 억측이 나돌고 여기저기서 학교에 사실 확인 전화가 빗발쳤다. 그럴 때 서로 다른 개인의 입장이 나가면 안 된다. 모든 언론 창구는 교감에게 통일하도록 했다. 교감 선생님이 참 침착하고 사리가 분명해서 믿고 맡겼다. 학교는 계획에 없던 방학을 다시 시작했지만, 관리자와 보건 선생님, 영양사는 매일 출근해서 상황을 지켜보고 이리저리 불려 다니며 시달려야 했다. 보관식의 이상 유무 판명이 나오기 전까지는 누구도 안심할 수 없었다.

조사 기간이 이틀째로 접어들면서 기관별 입장 차가 생겼다. 하루는 교장실에서 각 기관 담당자들이 언성을 높이며 다투기 시작했다. 처음에 학생들을 대면 조사했던 교육청과 도청 관계자는 식중독이 아니라는 의견이었고 보건소와 식약청 측은 더 기다려야 한다는 의견이 대립했다. 서로 고성이 오가고 학교에 금방 큰일이라도 날 것처럼 보였다. 서로 자기주장을 내세우고 일부는 교장실을 박차고 나갔다. 교장실에서 벌어진 일을 중재할 사람은 나밖에 없었다. "지금 무엇들 하는 겁니까?" 대뜸 고함을 질렀다. "우리는 당신들 하자는 대로 다 협조했습니다. 일부 기관은 마치 학교가 죄를 짓고 은폐하려는 집단으로 여기고 있지 않습니까? 이제 종결하고 하루라도 빨리 밀린 보충수업을 해야 합니다." 터진 울음이 울음을 부른다더니 한번 쏟아 낸 말에 화가 잔뜩 실려 그간 맺혔던 말을 거침없이 쏟아 냈다. 모두 잠잠해지고 그날 회의는 흐지부지 마무리했다.

처음에 설사 환자들이 나왔을 때 모두 급식실 음식에 문제가 있다고 의심했다. 학교 앞 가게에서도 빵이나 햄버거 등을 파는데 개별 면담을 하기 전까지 거기는 생각하지도 못했다. 다음 날 면담하면서 환자들이 학교 앞 가게에서 식품을 사 먹었다는 공통점이 밝혀졌다. 하지만 소동을 눈치챈 가게 주인은 남은 식품을 죄다 없애버렸다. 거기에서 파는 식품은 보존식이 없으니 조사에 한계가 있다. 심증은 가지만 물증이 없으니 함부로 책임을 물을 수도 없었다.

애타는 마음으로 식약청 결과를 기다렸다. 이튿째 오후에 연락이 왔다. 학교 급식 보관식을 수거해서 병원균 검사 후 설사 유발 음식을 역추적한 결과 급식에는 이상 없다는 결론이었다. 며칠간 학교가 들썩거렸지만, 쥐새끼 한 마리도 나오지 않았으니 요란만 떨었다. 그 일을 계기로 위생에 더욱 세심한 주의를 기울였으니 그나마 소득이라면 소득을 얻은 셈이다. 다음날 딱 한 군데 지역 일간지에 이런 기사가 실렸다.

22일 식중독 의심 증세를 보였던 ○○고 학생들이 단순 배탈로 판명됐다.

○○고등학교는 30여 명의 설사 환자 발생으로 인해 식중독이 의심돼 도교육청, 교육지원청, 시청, 보건소, 광주지방식품의약품안정청, 질병관리본부 등 관계 당국과 조사를 실시한 결과, 해당 학생들 대부분이 증세가 호전되고 추가 환자가 발생하지 않아 식중독이 아닌 단순 배탈 증세로 판명됐다고 24일 발표했다.

특히 기숙사 80여 명, 교직원 50여 명, 운동부 학생 20여 명에서는 단 한 명도 환자가 발생하지 않은 것으로 보아 교내 급식으로 인한 증세가 아닌 것으로 판단됐다.

송태규 교장은 "주변의 우려와는 달리 교내 급식 및 정상적인 학사 운영이 가능해졌고, 오는 28일 개학 일정에도 차질이 없게 됐다"고 밝혔다.

그런 소동을 겪으면서 여러 가지를 깨달았다. 막연한 추측과 확인되지 않은 여론에 당하는 집단은 마녀사냥감이 될 수 있다. 진실이 밝혀지더라도 일단 여론에 오르내린 일을 다시 정정하기란 쉽지 않다. 소문이 퍼졌을 때 물고 뜯던 언론은 사실관계가 밝혀진 이후에 대부분 당연한 것처럼 입을 닫았다. 잘못된 여론에 휘둘리고 나면 치욕스럽고 명예를 회복하기 힘들다. 개인이나 집단 모두 다를 바 없다. 그저 의기소침해져 활동에 제약이

따른다. 교감 선생님을 비롯한 전 선생님이 집단지성을 발휘해 부화뇌동하지 않고 학생들을 잘 지도했다는 점을 배웠다. 덧붙여 그들과 한 구성원이었다는 점에 가슴이 뿌듯했다. 역시 옳다는 굳은 신념이 있다면 구성원을 믿고 직진하는 것도 좋은 방법이다.

주변에 남의 일에 지나치게 관심을 가지고 문제를 제기하는 이들이 생각보다 많다. 결말이 자신의 생각과 다르면 그들은 '아니면 말고'로 종지부를 찍는다. 요즘 공공기관은 어데 하소연할 곳도 없이 속수무책이다. 물론 연기 피울 일은 하지 않아야 하겠지만 없는 연기를 만들어 내는 데야 당해낼 재간이 없으니 하는 말이다.

해피 버스 데이

작업실을 얻은 지 세 해를 훌쩍 넘겼다. 그 무렵 얼마가 지나자, 아내는 혹시 무슨 일이라도 난 것 아니냐며 걱정 반 의심 반 섞인 눈길을 보냈다. 차를 작업실 주차장에 세워두고 집에 끌고 오는 날이 고작 한 달에 두어 번이었다. 혹시 사고 나서 공업사에 수리 맡긴 걸로 지레짐작했으니 그것도 무리는 아니다. 집이 외곽이라 엉덩이 꼼짝할라치면 운전이 필수인데 말이다.

언제부터인지 정확하진 않지만, 승용차 운전보다 버스나 기차로 이동하길 즐긴다. 곁에서는 손수 운전하면 목적지에 일찍 도착해 시간 절약할 텐데 굳이 그러는 이유를 묻기도 한다. 일장일단이 있지만 내가 원하고 옳다고 여기는 생활 방식이 있다. 거창한 이유를 들먹이지 않아도 틀에 정해진 대로 살기보다는 나만의 이야기를 만들며 살아가고 싶은 까닭이다. 새로운 일을 시작할 때는 물론 신중해야지만 일단 생각이 기울면 결코 포기하거나 물러서지 않는다. '내 가진 재주는 없지만, 최선을 다하면 후회하지 않는다'라는 믿음과 목표를 향한 의지가 갈 길을 밝혀 준다.

지난해 8월, 난생처음 아내와 미국 여행길에 올랐다. 가는 데만 꼬박 열네 시간 걸리는 지루한 비행이었다. 20여 년 전 뉴질랜드행 비행기 안에서는 잠을 자거나 영화에 빠졌다. 우두커니 버리는 시간이 아까웠다. 언제부터인가 대중교통을 이용하면서 시간을 허투루 보내지 말자고 다짐했다. 그 후로 집을 나설 때 가방 안에 책은 필수품이 되었다. 차를 기다리는 시간, 차에 오르면 목적지까지 거리와 관계없이 챙겨간 책을 읽는다. 자리가 없는 경우에는 좌석에 등을 기대거나 손잡이를 잡고 책을 읽는다. 그때마다 가슴에 닿는 글귀가 있을 때는 페이지 귀퉁이를 접어 둔다. 훗날 요긴한 글감이 될 테니까.

이렇듯 자투리 시간을 활용하며 생각을 키운다. 아내는 움직이는 차 안에서 활자가 제대로 눈에 들어오냐고 묻는다. 처음에는 불편하다고 여길 수 있지만, 몸에 밴 습관은 내게 또 다른 기쁨으로 다가온다. 마음에 열정과 긍정 에너지가 있다면 다소간의 불편함이 내 앞에 걸림돌이 되지 않는다. 나아갈 길에 의지를 접지 않기 위해서는 나 자신에게 너그러움이 필요하다. 넉넉함이 조급함을 누르고 여유가 너그러움을 동반하면 더 즐기거나 나눌 수도 있으니 말이다.

미국에 가며 오며 비행기 안에서 꼭 읽고 싶었던 책 한 권을 꼼꼼하게 독파했다. 곁에 앉은 일행이 눈 아프지 않으냐고 했다. 버스나 기차 안에서 책 보는 게 습관이 된 때문인지 아무런 문제가 되지 않는다. 이런 시간에 휴대전화기만 만지작거리는 것보다 내 마음에 여유가 생기니 일거양득의 효과를 누리는 셈이다.

버스를 타면 차창 밖을 바라보거나 타고 내리는 손님을 유심히 관찰한다. 다양한 사람이 오르고 내리지만, 거기에는 사람만 있는 게 아니다. 개개인의 수많은 인생이 함께 오르고 내리며 숨 쉬고 있다. 출근길과 밤 10시가 다 될 무렵 막차를 개근하듯 타는 중년 남성과는 꽤 친한 사이가 되었다. 눈인사만 나누다 어느새 옆자리에 앉으면 도란도란 이야기를 나누는 관계로 발전했다. 그분의 사연을 듣다 보니 한 가장의 무거운 어깨가 보였다. 고등학교를 마치고 서울에서 직장 생활하며 안 입고 안 먹은 덕분에 꽤 많은 재산을 모았다. 그걸 밑천으로 사업에 손댔다가 다 날리고 결국 고향으로 돌아왔다. 그나마 고향 선배가 회사에서 받아주고 매일 출근할 곳이 있어서 얼마나 다행이냐며 사람 좋은 얼굴을 했다.

4일, 9일에 열리는 5일 장날은 어머니들을 따라 나온 텃밭으로 버스 복도가 가득 찬다. 아침잠을 겨우 이기고 자리에 앉자마자 고개를 떨구는 학생을 보면 10대였던 내가 거기에 있다. 초등학교 5학년 때 인근 시내로 유학 나와 작은집에서 신세를 졌다. 중학생이 되어 편도 한 시간 거리를 버스로 등교했다. 버스 안에서 까무룩 잠들었다가 내릴 곳을 지나치거나, 형 누나들의 가방을 무릎에 올려놓고 졸면서 주르륵 침을 흘렸던 내 과거가 파노라마처럼 지나갔다. 교복을 입었으니 중학생이지 초등학교 4, 5학년 정도 되는 작은 몸집이 콩나물시루 같은 버스에서 이리저리 구겨지던 시절이었다. 어떨 때는 환갑 진갑 다 넘었을 버스가 덜컹거리며 달리다 해소 기침 끝에 시동이 꺼진다. 모두 내린 다음 덩치 좋은 형들이 파리떼처럼 버스에 붙어 저만치 밀고 가면 쿨렁쿨렁하다 시동이 걸린다. 일행은 지각을 면했다는 마음에 일제히 박수치며 함성을 지른다. 어느덧 까마득한 일이다.

참 다양한 사람을 만나며 글 쓸 소재를 얻기도 하니 대중교통을 이용하는 건 내게 여러모로 이득이다.

"제 차를 타 주셔서 감사합니다." 며칠 전에는 늦은 밤에 택시를 탔다. 어쩌나 막차를 놓치면 택시를 타는데 그날 기사 양반이 전하는 인사가 귀에 설었다. 목적지를 말한 뒤 그분과 내내 이야기를 나누었다. 손님 한 분 한 분 모셔서 가족들 먹고살고 자식들 다 대학교까지 보냈으니 감사하단다. 내년이면 운전대 잡은 지 20년인데 욕심 안 내서 네 식구 몸 누일 작은 집 한 채 장만했고 개인택시도 샀으니 얼마나 감사한 일이냐며 조곤조곤 말을 이었다.

나는 옆에서 고개를 끄덕이며 추임새만 넣었다. 어차피 하루 보내는 거 짜증 내도 하루, 기쁜 마음으로 가도 하루, 손님들에게 감사한 마음 가지면 자신에게도 감사한 마음이 든다니 보탤 말이 없었다. 소박한 꿈을 가지고 여유롭게 살아가는 분에게 감히 훈수할 만한 지혜가 나에게는 없다. 내리면서 평소보다 훨씬 상냥한 목소리로 인사를 건넸다. "항상 안전 운전하세요." 그날 밤 나는 운전대를 잡은 스승을 만났던 거다.

버스 타는 날을 '해피 버스 데이'라고 정했다. 거의 매일 해피 버스 데이인 셈이다. 기사 딸린 내 대형 자가용이라고 떠벌리고 다닌다. 평소처럼 작업실에 출근하면서 버스를 탔다. 그날따라 앞문 맨 앞자리에 앉았다. 바로 다음 정류장을 막 지나는데 한 여학생이 허겁지겁 길을 건너 달려왔다. 그걸 뻔히 보고도 기사가 그냥 지나치고 소심한 내가 한마디 거들었다. "좀 태워주시지요." "정류장이 아닙니다." 세상에! 물론 기사님 사정도 있겠지만 발만 동동 굴렀을 그 여학생이 내내 걸렸다.

버스가 시내로 들어와서 다시 그런 일이 생겼다. 속으로 기사 양반 참 못됐다고, 집에서 마누라에게 혼나고 나왔나 생각만 하고 더 소심해져서 아무 말도 하지 못했다. 내릴 곳에 거의 다가

올 무렵 이번에는 직진해야 할 곳에서 우회전하지 않는가. "아니 왜 이쪽으로 가요?" "예?" "직진해야지요." "아하" 하며 그가 계면쩍은 웃음을 지었다. "바쁘다 보니 깜빡했습니다." 내 참. 이 냥반 분명 집에서 무슨 일 있었구나. 속으로 "이걸 콱" 하다가 낯 붉히기 싫다는 핑계로 난 아무 말도 하지 못했다. 그런 날은 언 해피 버스 데이다.

노을 속으로 새들이 빨려 들어갈 즈음 내 기억 속 대차대조표는 감사한 일로 가득한 하루를 마무리한다. 손을 호주머니에 찌르고 망연히 신호등을 바라보는 사람들이 있다. 무슨 말이라도 건네고 싶지만, 그저 입안에서만 맴돌고 만다. 다시 맞이하는 날에는 사람들이 좀 더 여유로운 삶과 희망에 대하여 생각해 보는 시간이 많아지도록 두 손을 모은다.

행복이 넘치는 사회

참 활동적이었는데 은퇴하고 나면 어지간한 인연을 끊고 모임에도 얼굴을 비치지 않는 선배들이 있다. 아주 가까운 지인들하고만 어울리면서 곁에는 틈을 주지 않는다. '사람이 저렇게 달라질 수도 있구나' 하며 한편으론 얄밉다고 생각했다. 현직에 있을 때 자릿값 한다고 여기저기 후원할 곳이 많았다. 막상 은퇴하고 나니 줄어든 수입으로 사람 구실 하기가 만만치 않다. 비웃음을 거두고 나서 순위를 매겨 지금은 서너 군데 지출을 줄이는 긴축재정을 하고 있다.

20년 넘는 동안 대회에 150여 차례 다녔으니까 달린 거리를 계산하자면 내 둔한 머리 셈으로는 불가능하다. 풀코스 대회를 완주하려면 훈련 삼아 그 거리의 서너 배는 달려야 편하게 완주할 수 있으니 하는 말이다. 거기에 대회 참가비까지 따지면 쓴 돈이 어지간한 승용차 한 대는 너끈히 사고도 남는다. 어느 순간 무작정 달리는 걸음에 나름대로 의미를 부여하고 싶었다. 고민 끝에 한 어린이 재단을 찾아 대회에서 1km를 달릴 때마다 천 원씩 기부하기로 약정했다. 지난해 3월 풀코스를 완주하고 처음으로 42,195원을 기부한 후 대회에 다녀올 때마다 습관이 되었다. 송금하면서 학교에서 근무하던 일이 떠올라 행복한 미소를 지었다.

소확행을 알려준 선생님

출근해서 다기에 차 한 잔을 따르고 있는데 누군가 교장실 문을 노크한다. 오늘 일찍 출근했으니 상당히 이른 시간인데 누구지? 잠시 생각하다 "네, 들어오세요." 문이 열리면서 젊은 총각 선생님이 쎄면쩍은 표정으로 들어오신다. 손에 플라스틱 상자를 든 채로.

비닐로 곱게 싼 것을 하나 건네준다. "이게 뭐예요?" 내가 의아한 표정으로 묻자 쑥스러운 듯 대답한다. "제가 딸기 잼으로 만든 샌드위치예요. 오늘 금요일이라 전체 선생님께 하나씩 드리려고 어제 만들었어요." 그 말을 남기고 총총히 교장실을 나간다.

선생님의 뒷모습을 바라보니 갑자기 가슴이 뭉클하다. 받은 사람은 고마운 마음으로 먹고 나면 그만이지만 선생님들을 생각하면서 하나씩 만들었을 그 정성을 생각하면 쉽게 먹을 수가 없을 것 같다. 언뜻 생각하면 사소할 것 같지만 이런 따뜻한 마음을 지닌 선생님들과 함께 근무하는 것이 참 행복하다.

사람들은 언제 행복을 느끼는 걸까? 그 행복은 어디서 오는 것일까? 언제부터인지 '소확행'이라는 말이 유행하고 있다. 소확행은 '소소하지만 확실한 행복'을 뜻한다. 일본 작가 무라카미 하루키의 수필집『랑겔한스섬의 오후』에 나오는 말이다. 갓 구운 빵을 손으로 찢어 먹는 것, 서랍 안에 반듯하게 접어 돌돌 만 속옷이 잔뜩 쌓여 있는 것, 새로 산 정결한 면 냄새가 풍기는 하얀 셔츠를 머리에서부터 뒤집어쓸 때의 기분을 소확행이라고 했다. 소중한 사람들이 맛있게 먹는 것을 상상하며 어젯밤에 샌드위치를 만들었을 선생님의 마음이 바로 소확행 아닐까? 그 선생님처럼 편한 마음으로 자기 분수를 지키며 만족할 줄 아는 삶처럼 행복은 거창한 것이 아니다.

초임 교감 시절에 있었던 일이다. 당시에는 토요일도 격주로 수업하던 때였다. 선생님들이 오전 수업을 마치고 집에 가서 점심 식사하려면 시간이 많이 늦어진다. 아내에게 부탁하여 2교시

쉬는 시간에 간식용으로 달걀을 삶아다 날랐다. 발단은 이랬다. 여름방학 때 교감 연수를 받았다. 거기에서 마음이 잘 맞는 선생님을 만났다. 교육생이란 얼마나 따분한가. 강의 시간에는 졸기 일쑤였다. 그러다가 일과 마치고 술 한잔할 생각을 하면 졸음이 달아났다. 그 선생님과 종종 술잔을 마주했다. 나보다 교직 경력이 많아서 배울 것도 많은 느티나무 같은 선생님이었다. 두어 번 함께한 뒤 어느새 형님 동생이 되었다. 선생끼리 술자리에 모이면 오가는 얘기는 기, 승, 전, 학교다. 가족이나 취미 이야기를 하다가도 종착지는 선생과 학생 이야기로 학교 울타리를 벗어나지 못한다. 그날도 형님은 잘 나가다가 자기가 근무하는 학교 이야기로 돌아갔다. 이미 두어 번은 넘게 들은 레퍼토리였다.

"송 교감, 나는 지금까지 몇 년 동안 토요일마다 2교시가 끝나면 선생님들께 달걀을 삶아 드리고 있네." 교감 자격증을 받기도 전이지만 우리는 가불해서 이름 뒤에 교감을 달았다. "관사에서 미리 삶았다가 간식 대신 내놓으면 선생님들이 얼마나 좋아하는데. 덩달아 교무실 분위기도 좋아지고." 그는 얄밉지 않게 본인의 경험을 버무린 사랑을 곁들였다. 선생님들 분위기가 좋아진다는 말에 솔깃했다. 나는 74명이나 되는 연수생 동기 가운데 거의 막내였고, 학교에서도 선배 선생님이 삼분의 일가량 되었다. 교감은 교무실 살림을 잘해야 한다. 교무실 분위기를 잘 이끌어 가려면 선배 선생님들의 협조가 꼭 필요하다. 형님과 술

자리 끝에 "그거 나도 시도해 볼 만한 거네요. 꼭 해보겠습니다." 하고 끄덕였다. 그 정도 수고로 선생님들과 내가, 선생님들과 선생님들이 더욱더 끈끈하게 연결된다면 못 할 일도 아니라고 생각했다.

개학하면서 교감으로 부임했다. 첫 번째 토요일 2교시 끝 종이 울리고 교무실에 삶은 달걀과 소금을 벌려 놓았다. 아무에게도 발설하지 않은 깜짝 쇼를 벌인 셈이다. 달걀은 국민 간식 아니던가. 수업을 마치고 나온 선생님들 눈이 휘둥그레졌다. 그 형님네는 시골의 아담한 학교였지만 우리는 교직원 수가 거의 100여 명에 다다랐다. 별것 아니다 싶어 벌인 일인데 달걀 다섯 판을 삶아서 교무실에 펼쳐놓는 것이 결코 쉬운 일은 아니었다. 2주가 참 빨리도 돌아왔다.

"교감 선생님, 오늘은 제가 두 개 먹었습니다. ㅋㅋㅋ. 고맙습니다." "교감 선생님, 내조해주시는 사모님께 더 잘하세요. 덕분에 잘 먹었습니다. 감사합니다." 먹고 나서 선생님들이 전해주는 고맙다는 메시지를 받을 때마다 그만둘 수가 없었다. 아내는 달걀만 해주는 게 미안하다고 이따금 부침개를 준비했다. 그런 날은 새벽부터 집안에 기름 냄새가 진동했다. 2년 정도 이어지던 달걀 봉사는 주5일제가 시행되면서 커튼을 내렸다. 아내에게 미안했지만, 선생님들이 좋아하는 모습을 생각하면 행복했던 시절이었다.

마라톤을 마친 며칠 후 지인 서넛과 술자리 끝에 어느 정도는 자랑삼아 기부하기로 한 내 다짐을 말했다. 내가 의미를 부여한 일이 옳다고 생각하여 남들에게 으스대거나 어깨에 힘을 주는 일은 자칫 위험할 수 있다. '내가 이렇게 좋은 일을 하고 있으니, 당신들도 따라 하시오.'라고 받아들이는 순간 환영받지 못할 선생의 직업병이 도진다.

내 말을 받아 취기가 적당히 오른 일행 가운데 한 후배가 말했다. "형님이 좋은 일 한다는데 나도 가만히 있을 수 없지요. 마라톤하고 나서 얼마인지 알려주면 그때마다 송금하겠습니다." 이렇게 자기도 동참하겠다고 했다. 거기에 그치지 않고 옆에 있던 일행에게도 함께 하자고 제안했다. 그걸 거절할 분위기가 아니었다. 전혀 의도하거나 기대하지도 않은 자리였다. "아냐, 이런 건 억지로 해서도 안 되는 일이네. 신경 쓰지 말고 기분 좋게 술이나 마시세." 술기운에 거절하지 못한 분도 계셨을지 몰라서 다음날 조심스레 전화로 의사를 물었다. 다행히 함께 달리지는 못해도 내가 대회에서 달리는 거리만큼 후원하겠다고 약속해 주었다. 그분들의 소중함이 구겨지지 않도록 기꺼이 마음을 받아 계좌 번호를 알려주고 성금을 전달하고 있다.

1년에 내가 대회에서 달리는 거리가 얼마나 되겠냐만 이런 따뜻한 마음을 모아주는 분들이 있으니 내 달리기는 멈출 일이 없으면 좋겠다. 난 퇴직하고 후원금 용처를 줄이고 있는데 그것도 모르고 내게 뜻을 모아주는 분들을 생각하면 미안함이 앞선다. 게다가 그런 마음을 내준 사람들이 멋지고 듬직하게 보이는 걸 보면 내가 참 간사한 사람이다. 그 빚을 갚는 길은 더 열심히 살고 잘 달리는 길이리라. 서로 다른 생각을 하고, 걷는 방향도 다르지만 우리는 하나의 끈으로 연결된 세상에서 살고 있다. 그날 그 자리에서 깨달음을 주는 스승들을 만났다. 그런 좋은 사람들이 행복 넘치는 사회를 만든다. 언제부터인지 끼니가 되지 않는 달리기에 말을 걸며 살고 있다. 그 걸음이 누군가를 행복하게 해준다면 길가에 뿌리는 땀방울도 달디 달겠다.

행복이 넘치는 사회   225

직진도 충분히 아름답다

초판 1쇄 발행 | 2024년 12월 27일

지은이 | 송태규
펴낸이 | 황규관

펴낸곳 | (주)삶창
출판등록 | 2010년 11월 30일 제2010-000168호
주소 | 04149 서울시 마포구 대흥로 84-6, 302호
전화 | 02-848-3097
팩스 | 02-848-3094

이 책은 (재)익산문화관광재단 2024 다이나믹아티스트 지원사업에 선정되어
보조금 일부를 지원받은 도서입니다.